U0540678

桑间

苏苔 著

春风文艺出版社
·沈阳·

图书在版编目（CIP）数据

桑间/苏苔著. —沈阳：春风文艺出版社，2024.4
ISBN 978-7-5313-6548-8

Ⅰ.①桑… Ⅱ.①苏… Ⅲ.①中篇小说—小说集—中国—当代 ②短篇小说—小说集—中国—当代 Ⅳ.①I247.7

中国国家版本馆CIP数据核字（2023）第181989号

春风文艺出版社出版发行
沈阳市和平区十一纬路25号　邮编：110003
辽宁新华印务有限公司印刷

责任编辑：姚宏越　孟芳芳	责任校对：陈　杰
装帧设计：黄　宇	幅面尺寸：130mm × 203mm
字　　数：133千字	印　　张：7
版　　次：2024年4月第1版	印　　次：2024年4月第1次
书　　号：ISBN 978-7-5313-6548-8	
定　　价：48.00元	

版权专有　侵权必究　举报电话：024-23284391
如有质量问题，请拨打电话：024-23284384

目录

不存在的米兰达　001

兔子洞　051

桑　间　073

挂在树上的船　097

月子与铂金包　137

吞　舟　175

不存在的米兰达

一

诺亚把写作当战争，这场仗，她打了七年，战果就是她写的书摞成了小山，可最近，她时常吃败仗，比如现在，一定是有人捉住她的手，敲出这段话："米兰达在海底睡着了，爱弥儿摇着铃铛想唤醒她……"

见鬼，这根本不是书里的内容。米兰达，这个不存在的角色，是从莎士比亚的海岛上蹦出来的吗？这是个狠的，横冲直撞地往屏幕上一站，就让诺亚的心口疼到炸裂。她矮了身子，用桌子死死抵住胸口。方形木桌吱呀着向前滑动，她就用双手拼命按着桌面，指甲抠进去，凿出几道沟。因为用力，她的肩胛骨突起得厉害。诺亚心想，就是让桌子把自己切成两截，也好过听到米兰达这个名字。

不能再让米兰达出现了，绝对不可以。

诺亚直起身，食指重重地点在删除键上，直到文档上一片空白。米兰达被驱逐了，诺亚呼了一口气，她感觉有另一个自己，坐在沙滩上，用长长的针缝那具被切成两半的身体，那身体像一个空空的皮囊，针眼很大，透出光亮。

这光亮是真的，太阳从海面升起，给这家海边书店的米黄色卷帘上镶了一道金边，有零散的光斑从缝隙透出，趴在棕灰色的木地板上。诺亚看见店员小哥从柜台后转出来，正冲她走来。小哥双手托着米色木质长盘，有点烤过了的牛角包冒着一股好闻的煳味。

小哥还没靠近，诺亚就伸手去扯他的黑色围裙，握住后，晃了几下，急急地说："她一直在敲玻璃，一直敲，整个晚上。"

有道光晃过小哥的眼，他偏了偏头。

"我推不开，这些玻璃都是封死的，为什么要封死？不是窗户吗？"诺亚说，"风那么大，她一定很冷。"

小哥像是明白了什么似的，说："是呀，真应该让她进来。"说完，他放下托盘就走开了，并不当一回事。诺亚想，小哥倒是愿意取悦别人，可多少有点寡淡。他是年轻人，怎么对事情没有一追到底的好奇心呢。她希望他能多问几句，这样，她就可以说说她正在写的童话，她觉得有必要让他知道自己的身份——她坚持认为书店除了卖书之外，另一重意义就是给作家提供精神慰藉，比如包容作家的怪毛病之类的。

小哥开始拉卷帘，从诺亚的角度看，他单薄得像页纸，脑袋随着拉绳的移动而运动，从低到高，又从高到低……拉到第八扇窗户时，他转头冲诺亚说了些什么，大概是天气不错之类的话，这时他离诺亚很近了，诺亚注意到他的鼻子投影在帘子上的样子。

阳光劈头盖脸砸进屋里，诺亚扭脸去看书店的暗处，在书架尽头，有一组从地面顶到天花板的书柜。她努力想看清那些大部头的书名，不是英文，也不是法文，原来是一组装饰画，印成书脊的模样。

这家建于沙滩上的书店，三面灰色水泥墙，只有临海的一面是玻璃，能望见远处连绵的山峦，还有黑色的渔船。诺亚站起来时，腿有点麻，像是借了别人的身体，她把脸贴到玻璃上，很凉，有些微的水汽。窗外，海浪在一波波退去，露出银色的沙滩，有人在捡拾贝壳，光着脚，弯着腰，或是蹲着。在离她最近的一片沙滩上——她垂下眼帘就能看见的地方，散落着几个空易拉罐、两个黄色薯片包装袋、四五个红色香肠皮，看来她没有听错，昨晚一定是风把这些东西卷起来，拍打着窗户。

当然不是米兰达，怎么会是米兰达。

小哥离开时，像是突然想起了什么，从围裙兜里掏出一个尖嘴的褐色小瓶，在牛角包上挤出了一个大大的Z形，这是为小朋友准备的枫糖浆。他本来没想给这个三十多岁的女人，这个年纪的女人都忌讳吃甜，可是很奇怪。他甚至连问也没问，就帮她挤上了。

诺亚低下头，也不用手，只伸出舌头舔面包上的那层金色液体。"Z"消失了，她抬起头，舌头扫荡一圈嘴唇，又抿了抿，接着很夸张地咽了下去。

"谢谢。"诺亚盯着小哥的眼睛说，对方正看得出神，眼神被捉到，有些慌张，忙掏出小瓶问："还要吗？"

"不，不是这个，枫糖浆一点也不正宗。"诺亚抓起牛角包，咬了一口，"我是说昨晚，你给我开门，让我进来。我特别喜欢书店……"诺亚想起她的第一本童话就是在温哥华一家叫阅廊的书店里写出来的。书出版后，书店老板给她开了签售会，来的小读者并不多，也就七八个，他们坐在一起聊天，她回答了很多有趣的提问。后来，每当有孩子来买书，老板就会给她打电话："嘿，有人要买你的书，过来聊聊吗？"她多半会飞快地跑过去。她不是有名气的作家，和书店配合好，架上的作品就能多卖出去几本。

"我要是不开，你会一直敲下去。"小哥语气有些无奈，在海边经营一家书店，并不容易，尤其是晚上，经常会遇到一些奇怪的人，听到一些莫名其妙的话，聆听是最不费力气的对策。他从不刨根问底，反正太阳一出，又是新的一天，何必太当真。他有很多琐碎的事要干，不能在这些人身上浪费时间，可面前这个客人，却不同于以往的任何一个，她那么理直气壮地敲门，好像这里就是她的家。

小哥扫了一眼桌上摊开的电脑，问："你整晚都在工作？没有睡会儿？"

诺亚摇摇头，说习惯了。他们又聊了几句，诺亚告诉小哥，她刚搬来，之前远远见到这个方盒子建筑，以为是旅游商店，却不知道是书店。她顺口说出了居住小区的名字，小哥说："哦，那楼挺高档的，两万多一平，开发商卖楼时，说家家户户都能看见海，宣传册上还印着海子的诗：面朝大海，春暖花开。"说到海子时，他停顿了一下，语调也加重了。

"四层以上的能看见，我刚好住在三层。"诺亚说，"我的窗外，全是果树，李子树、山楂树、桃树，晚上猫在树上打架，叫得很惨，还踩落了许多知了壳。"

诺亚很久没有说过这么多话了，这家书店很对她的胃口。编辑小宇告诉过她，她的《女巫爱弥儿》在很多书店都有展示——虽然昨晚，她没有找到，兴许是卖完了呢，又或许摆到别处呢。她想告诉小哥，她喜欢跟读者交流，签售更是没问题，可话题始终没扯到这一块，倒是说起了流浪猫，诺亚说："怎么到处都是流浪猫，搬来第一天就捡了只小猫，灰色的一团，缩在月季花下，以为死了，靠近一看，脊背在动。"

这对小哥来说，不是什么新鲜事，可他认真在听，脸上流露出来的表情，仿佛是头回听到这种事。诺亚因为他的专注而感到不自在，她停下来，问小哥："为什么没在店里养猫，应该有一只，最好是黑猫。"在诺亚的记忆里，很多历史悠久的书店，都会有只猫，她的手机里就存着一张在莎士比亚书店撸猫的照片。

小哥说他见过一个女人，在海边溺死了几只刚出生的小猫，她把笼子浸在水里，再拿起来时，小猫就不动了。诺亚问："女人的表情是什么样的？"

"看不清，她把笼子从水里拎出来时，回头瞅了一眼，脸上全是水。"

"然后呢？"

"她往深海走，一眨眼的工夫，海水就没到了她的腰，然后是肩，接着人就不见了。"

诺亚说："我也这么干过，有次差点成功了，可总有讨厌的人，会把你拽回来。"

小哥以为诺亚在开玩笑，就接着说："嗯，我总是扮演这种讨厌的人，那天，我把她带到店里，给她一杯咖啡，她一直在抖，根本握不住。她的两只裤腿一直在流水，地板湿了一大片。"

诺亚的指甲在桌面滑动，她摸到了之前抠出来的小槽，一边挖一边对小哥说："有的人寻死，是一时冲动,可这人明显是计划周全的,她先把猫溺死,就是下了决心,一次不成,她肯定还得找机会。"

小哥点点头,说你是对的。"那女人走的时候,拿走了店里一把铲子,在对面树林里挖坑埋那几只小猫。第二天,在渔村的那艘大船下,有人发现她躺在那儿,已经没有了呼吸。"说着,小哥冲窗外一个方位指了指,可很快,就把手收了回来。

空气有点压抑。

几秒后,小哥用一种轻快的语气问诺亚:"来杯西瓜汁吧,旺季时,我每天要榨几百杯。现在,天凉了,人少了,西瓜都流水了。"说着,他用一块雪白的抹布绕过鼠标去擦桌子上的面包屑,他发现了诺亚指甲抠出来的几处凹槽,用力地拿抹布蹭。

诺亚想那个女人一定就是坐在她这个位置喝的咖啡,这个座位离门最近。她盯着地板看,每缕木纹都像被海水浸泡过。她站起来,抱着胳膊四下走动,这家书店的陈列并无特色,简单按类目划分。童书单独有个区域,七八个原木书架上,一半是装帧繁复的礼盒书,另有一个花花绿绿的架子上摆满益智玩具,积木、拼图、卡牌之类的。

诺亚用指尖划过一长溜儿书脊,她喜欢这样触摸书,哪怕是隔着塑料薄膜,她划了两遍,没有找到她的书,多是网站排行榜上的书目。她想,独立书店一定不会这样选书，习惯从榜单上找书看的人，恐怕会错过大多数岁月沉淀下来的经典。可又有什么办法，大家都在顺应市场，逆流而行的人少之又少。

诺亚趴在柜台上问小哥："买书的人多吗？"

"大家喜欢来这拍照打卡，书就是道具。"小哥说，"你看那边，我专门设了个专柜，书名全是文艺治愈的，特别适合摆拍。"

诺亚很快就找到了这个专门漆成白色的书架，书架上还挂着几串贝壳风铃，风一吹叮当响。书架最上层是原版英文书，有《哈利·波特》《小王子》等，中间几层的书，诺亚一本也没听说过，书名都很醒目：《你好，小时光》《人山人海里，你不必记得我》……诺亚不得不承认，这些书名自带情绪与故事，很适合出现在海边的自拍照中。她想了想，看小哥正在柜台后忙乎，便跑到另一个书架上，抱了一摞书放在四层的黄金位置上，是莎士比亚全集，最中间那本是诺亚几乎能背下来的《暴风雨》。

诺亚再次回到柜台时，小哥递给她一杯西瓜汁，诺亚注意到小哥提前把西瓜都切成了块，堆在一个大玻璃盆里。她喝了一口，有点苦，她想西瓜不新鲜了。小哥用粉笔在黑板上涂涂画画：鲜榨西瓜汁买一送一。

小哥忙完了，看诺亚的果汁还是满的，就说，放心，坏的都切下来扔了。诺亚又问："连孩子也不买书吗?"小哥撇撇嘴,"真有想买的,家长拍照上网一比价,就直接在手机上下单了,京东、当当老是搞满百减五十,弄得那书价比我进价都低。其实,现在大多数书店都是这种状况,不靠卖喝的吃的,压根撑不住。"小哥在水龙头下洗抹布,擦干手,看了看窗外,说:"打鱼的船快回来了,要是喜欢吃海鲜,这个时候去买,既新鲜又便宜。"

诺亚顺着小哥的视线,看到雾气弥漫的海面上,有几个小黑点在移动,近处的沙滩上,几只海鸥在低头觅食。她收回视线时,扫到角落里的一张海报,像是为了遮挡一堆杂物,才贴在那里的,一只角耷拉着。画面上,一个女人坐在书店前面的沙滩上,脚边蜷着一只黑猫,风吹起女人的长发,她手里握着一卷书,下面几行字:二十四小时,海边书店,为孤独的你,点亮一盏灯。

诺亚很用力地敲柜台,指着海报问小哥:"不是二十四小时吗,怎么晚上还锁门?"

"没人来,这鬼天气,搞不好还有台风。"小哥的脸色变了,他飞快地把那张海报揭下来,揉成团,扔进了垃圾桶。

"我倒不在意,以后我还来。"诺亚说话时,小哥已经走开了,他把书店的大门打开,冲外面等候的游人喊,扫码扫码。第一波游客进来了,他们飞快地穿过书架,奔上平台,用口罩、太阳镜、背包、矿泉水瓶占领最适于观海的座位。

诺亚用了几分钟,从垃圾桶里掏出那张海报,把褶皱抚平了,塞进包里,才离开书店。

二

诺亚是在回家后,看到书桌上充电的手机,才想起来,她没带手机出门,自然也没付书店的餐费,继而,她又想起,她为什么半夜跑出去。从昨天傍晚开始,小宇一直试图说服诺亚去见那个叫程强的业界大佬。

诺亚这次回国,是下定决心谁也不见的,她在网上租了这处海边的两居室,还有一辆车,只是在签合同时,她让小宇帮助送份资料,要不然,没人知道她回国的事。

中午,小宇找上门,诺亚躺在沙发上看书,听到响动,只是翻了个身。她跟小宇合作好几年了,可最近小宇的要求越来越多了,一会儿让她在朋友圈转发书讯,一会儿让她开抖音账号做直播,这些都是她不想干的。小宇把门敲得砰砰响:"姐姐,你不为自己着想,也要为你的书着想。好几千册书,要是网站全给退回来,怎么办?"

诺亚坐起来,扯过披肩裹在身上,说:"拉到海边书店来,这里没有我的书。"

小宇拖着长音:"我的好姐姐,国外那一套在咱们这里行不通。实体书店就是做个展示,实际销售还得靠网站往上拉。"

"我不想见程强。"诺亚站了起来,房东的沙发质量并不好,刚刚她躺过的地方,陷进去一个大坑,她拍打了几下,才慢慢复原。

"你必须得去见程强,他在网站管着图书频道,手上资源海了去了。"小宇说,"咱们这个女巫爱弥儿系列口碑好,就是销售上不去,推广也做了,就是轮不上资源位,眼看着第九本封面都出来了,到时候赶上双十一,咱必须冲,上了榜就不愁销量了。"

诺亚拧开门,让小宇进来。她则从衣柜旁边的角落里拖出挂烫机,开始熨毛衫、衬衫、裙子,接着是床单、被罩。熨烫头发出吱吱的声响,诺亚的脸藏在白色的烟雾里。

小宇说:"怎么还熨床单,晚上一睡,不又皱了吗?"

诺亚告诉小宇,她晚上不睡觉,即便白天睡觉,也不睡床,只睡沙发,她本来想让房东把床搬走的,可房东不同意。说完,她扯下挂烫机的插头,从书桌上摸出一盒卡碧烟,抽出一支,点火时手有点颤,火苗对不准烟,她调整了几次才点着,她一直背对着小宇,小宇想凑过来跟她说点什么的时候,她打开阳台的玻璃门,走了出去。十月底了,树上的果实从成熟转为腐烂,一只爬满介壳虫的柿子落在阳台的地板上,一摊黄泥中间,黑褐色的柿蒂支棱着。

小宇没有跟出来,她发现躲在沙发底下的猫:"呀,这猫好小,我差点踩到,刚出生吧,是不是还要喝奶,是流浪猫吧,这猫身上容易有传染病,不好养。你要想养猫,我给你抱只折耳猫过来,绝过育的,特安静。"

诺亚脸色不好看了,摁灭了烟头说:"我能养活鲁比。"鲁比是她给小猫起的名字,以前她在温哥华上学时,房东太太的那只猫就叫鲁比,后来,她跟卢卡斯结婚搬到魁省枫树山下的小镇住,见过一只灰色无毛猫,大眼睛,尖耳朵,很像外星人,后来她知道那只猫的主人是个对猫毛过敏的三岁小女孩。她听女孩喊那只猫鲁比,卢卡斯也很喜欢那只猫,他说,以后有了女儿,我们也养一只。

小宇想不明白诺亚为什么不肯见程强。这两人能有什么过节呢。她记忆中,他们只在三年前的图书订货会上见过一面,是在出版社的摊位上,社长陪着程强过来时,诺亚正在给小读者签售。程强说:"你什么时候成了儿童作家?"诺亚说:"纠正一下,不是儿童作家,是儿童文学作家。"

昨天,当网站发邮件通知要退回之前采购的诺亚的书时，小宇找到程强，请他通融一下。程强爽快地答应了，只是提出要跟作者聊聊。小宇想都没想就说："好的，我安排你们见面。"程强一脸惊讶地问："诺亚回国了？"小宇这才知道，原来程强的聊是指在电话里。小宇出卖了诺亚，可她一点也没觉得不妥，紧要关头，就该这么办。

小宇问诺亚："你这次突然回国，是准备长住吗？艾玛怎么办？我记得她还不到七个月吧？"说着，她掰手指头算诺亚生产的月份，更正道，"呀，是四月生的，还不到六个月呢，你给宝宝断奶了？"她扫了一眼诺亚的胸部，诺亚并不属于丰满型，又爱穿背心式内衣，加上宽大的黑色羊绒衫，胸部看起来一片平地。小宇笑了起来："我猜得没错，你是事业型的，不会被孩子牵绊。"

接着，小宇问诺亚，能不能把扉页上的"献给我的女儿，最爱的艾玛"给去掉？有同事说，这是写给中国孩子的书，献给一个外国小孩，有点怪怪的。

诺亚没有说话，只是看着小宇，好似这个问题本就不该问，也不应答。小宇忙往回找补，也就是提到艾玛了，才念叨这么一嘴，你不同意，我们也不敢删。

诺亚想了想，没有跟小宇说她要离婚的事，她不太想去跟小宇解释法律方面的事，还有她为什么选择分居一年后离婚的方式。她和卢卡斯婚后经常吵架，为钱、为房子，她劝卢卡斯离开小镇，因为她很难找到合适的工作——她的法语并不好，而那时，她在写作上的收益还没办法维持生计，可卢卡斯却说她是个野心家。这些感情破裂的事，家家都差不多，没什么好说的，更何况小宇嘴巴太松，说不定转头就告诉程强了。

诺亚把小猫装在一个大玻璃杯里，一只手固定它的脖子，另一只手给它喂奶。她给小猫买了一幢三层的猫窝，就放在沙发旁边，可是小猫还是愿意跟她挤在沙发上。小猫挨着她时，她不敢像平时那样窝在沙发上，身子挺得笔直，膝盖有些轻微颤动。

小宇帮诺亚捏肩膀，说肌肉硬得跟石头似的，颈椎八成有问题。她问诺亚在国外时写作也这么拼命吗？又说她听说诺亚在怀孕时，把电脑搬到卫生间，一边吐一边写，生孩子那天，硬是写够了三千字才去医院。诺亚的身子有些摇晃，小宇赶紧收了手，说对不起，力气用猛了，忘了你产后不到半年，身体还虚着。

诺亚拿着烟盒去了阳台，她抱着胳膊，衣服空荡荡的。最近，她又瘦了，一米六的个头，不到四十五公斤。诺亚吐出一串烟圈，探头看了看楼下，红砖铺出的步道上落着五六只烂柿子。

小宇坐在沙发上叹气，对脚下的小猫说："鲁比呀，你的主人，不愿意给你多赚点奶粉钱。"又冲着阳台上的诺亚背影说："跟程强见一面，多大点事，你写的是童话，可你又不是活在童话里。"

诺亚摘下十几个柿子，用衣服兜着回屋，沿窗台摆了一圈。小宇皱眉，这上面全是虫子，放软了也没法吃。又嘀咕道："有工夫摘柿子，有时间喂猫喝奶，就不能去见一眼程强？"诺亚仿佛什么也没听见，她认真地调整柿子之间的距离，让它们整齐划一。她没准备吃，她从小吃柿子就胃疼，她只是不忍心看它们摔得稀巴烂。

小宇要走时，她说："你家附近不是有家宠物医院吗，你帮鲁比约个体检，我明天带鲁比过去，顺便见见程强。"

三

下午，诺亚抱着鲁比去书店还钱，店里人很多，平台上的座位都坐满了，白色书架前也挤满了人。她不愿进去，就站在玻璃外面，看小哥在柜台内切橙子，他用的是一把很长的刀，像是切西瓜之后，没来得及换刀。

书店里没几个人在看书，大家都在喝饮料聊天，小哥好几次走出柜台，提醒几个孩子不要打闹。有个梳马尾的红衣女孩看起来是小哥的助手，她把别人散落在桌椅上的书收在一个红色塑料框里，然后一本本摆回书架。诺亚希望她没有发现那套被移动位置的莎翁全集。

诺亚在沙滩上坐了一会儿，看见有个戴草帽的黑脸老爹弓着腰骑辆破三轮来送货，小哥拉着平板车出来接货，矿泉水、气泡水、可乐摞了七八箱。老爹走的时候，扭过身子喊："小哥，晚上来家喝酒。"

原来大家都叫他小哥。诺亚有点意外，她的舌头顶一下牙齿，然后缩回来，如此几回，她发现小哥是一个很有味道的称呼，甚至可以用在她的童话里。

诺亚躺在沙滩上，看小哥把饮料从侧门搬进柜台旁边的储藏室，他走路时有点晃，左腿似乎比右腿高出几厘米。诺亚以为是自己的角度有点斜，她站起来看，发现小哥是个跛子，倒并不明显，不盯着看，不容易发现。

诺亚并不惊讶，仿佛小哥就应该是个跛子才对，她偏爱有缺陷的人或事，是生活应该有的样子。她想起昨晚，她只穿了一件薄羊绒衫，缩在椅子上抱着胳膊取暖，小哥从柜台后面捞件白衬衫给她，又问她要喝什么，她要了杯咖啡。之后他就接着去睡，他的睡袋就在柜台旁边的地板上，深蓝色的，中间有个方形商标，图案是艘船。

半夜，她离开座位，到处走动，发现有个书架上全是关于猫咪的书，她拆开一本多丽丝·莱辛的《特别的猫》翻看。是的，她想起来了，她拆了不少书，应该付钱买下的。她闲逛了一会儿，正好踱到小哥旁边的书架，她顺势蹲在小哥的睡袋旁，伸手试他的呼吸——这种情形有半年了，她总是担心睡着的人没有呼吸。

她的手不小心碰到他的鼻子，他晃了晃头，像是躲避飞虫。她看到他脸上细小的绒毛，还有他眉梢藏着粒小黑痣。他呼吸时，嘴巴微微张着，露出一点白色的牙齿。她推他，问还有衣服吗，冷。他闭着眼，咕哝着，把手从睡袋里伸出来，抱了抱她，其实只是碰了碰，可是双手张开的形状很像一个抱抱。午夜三点的海边书店，海浪拍打礁石的声响忽远忽近，诺亚的四周，是一排排米黄色的书架，头顶上，一盏铁艺大吊灯只开了一半的灯泡。

清晨五点半，小哥醒了。她听到他收拾睡袋的声响，又听到咖啡机启动的声音，过了一会儿，小哥给她送来咖啡和牛角包，他洗漱过了，说话时，嘴里飘出一股清新的薄荷味。

四

其实那个下午，小哥在柜台里看见了诺亚，他冲她招手，隔着许多攒动的人头，她看见了，还是走开了。她决定晚上再来。她拿走的那张海报，像是一份承诺，她可以随时来，书店本就是二十四小时的。

从诺亚家到书店，要经过一片树林、一个公共淋浴间、一艘废弃的大木船，还有两个冲脚的方形水池。诺亚穿过树林时，天已经黑了，起了风，一棵山楂树的树枝吹折了，斜斜地垂在枝头，诺亚想要不要去找根绳子固定一下，又一阵风过来，树枝落在了地上。

诺亚握着这根树枝去书店，小哥开门时，看见的是满眼绿色的叶子，几个红色的山楂果在枝头摇曳，诺亚从后面探出头来。

小哥把树枝插在一个黑色陶器里，诺亚拧开矿泉水瓶给里面加了水，说能多活几天也是好的。

诺亚坐到座位上，掏电脑时，把白衬衫取出来递给小哥。小哥刚想接，诺亚又把手缩了回来，她发现上面溅了几点咖啡汁，便说等洗干净了再还。说着，又把衣服收进背包里。

她掏出手机，扫桌上的付款码，问多少钱。小哥想了想，说两杯咖啡加一盘牛角包是七十四元，他没算那杯西瓜汁的钱。诺亚多付了两百，说还拆了几本书，差不多是这个价。小哥笑起来，原来是你拆的，看来秀丽今天冤枉人了。接着，他又解释，秀丽是来帮助的，挺喜欢读书的，可惜没考上高中。

两个人又聊了几句，小哥催诺亚回去："不合适待，有台风。"风一直等到门口，诺亚刚推开玻璃门，风就扑了过来，她向后退了两步，灰色围脖落在地上。诺亚还想冲出去，小哥拦住她，不能走了。

诺亚坐在窗边写作。十二点，小哥钻进睡袋。有几次，风似乎要把这个灰色的水泥盒子连根拔起，诺亚感觉四周震了几下，风裹着沙子拍打玻璃，地板有些颤，铁艺大灯摇晃个不停。

诺亚写得飞快，脊背因过于专注而弓了起来。起先，她并没有注意到那缕细小的声音，可是后来，有几秒钟，风停了下来，那声音就无比清晰了，是婴儿的啼哭，诺亚想听得再仔细些，可声音却消失了。过了一会儿，那声音又出现了，却变得无比微弱。

米兰达，米兰达，是你吗？别睡了，快醒醒，快醒醒，从十米深的海底爬出来，爬出来。

诺亚敲下一段游离于故事之外的文字，接着，她打开书店的门，走了出去，风撞击着她，需要弯腰才能前行，她朝大海走去，那个声音在前面引诱着她，那婴儿的啼哭来自大海的深处。

有几次，她蹲下来躲避风头，风灌进她的身体，她整个人轻飘飘的，像是要飞起来。她一步步地往前挪，海天搅和在一起，一片混沌。

终于到了海边，诺亚的鞋子湿了，长裙也湿了，她飘了起来，云朵托着她，海底的哭声变成了笑声，嘻嘻哈哈的，她只要一伸手，就够到了……

小哥后来说，他没有办法不扮演那个讨厌的人。这次救人，是历来最惊险的，好几次，浪头把两人都打翻了。"我把大大小小的海神都求了个遍,龙王、观音、妈祖、礁神、岛神、鱼神、船神,总算是有神仙显灵了。"

诺亚的记忆里没有这部分,她是在小哥的背上醒来的,当时已经回到书店了。她有些懊恼,想砸了电脑,都是米兰达搞出来的幻觉。她意识到,表面上不存在的米兰达其实是无处不在的,她潜伏在她的精神深处,随时会释放令她疯癫的魔法。

小哥的腿在风浪中受了伤,一跛一跛非常明显。他取来药箱,蹲着给诺亚脚踝上的伤口涂碘伏,说:"你遇到的是水亡灵,下次记得,拼命跺脚,不要看也不要听,就过去了。"

小哥笃定的语气让诺亚有些疑惑,水亡灵是什么?是死去的婴儿吗?她们在海底唱歌聚会,是为了引诱别人沉到海底吗?

小哥收好药箱,去贮藏间换了衣服,出来时,给诺亚拿了条浴巾。诺亚随便把毛巾往身上一披,直愣愣地看着小哥,她知道他刚刚只是抛了一个引子,真正的故事在后面。

小哥说的是他的亲身经历:"六年前,我跟我爸在海上打鱼,雾特别大,一个浪头打翻了船。那天,我妈在家做饭,她说听到我爸敲门,她去开门,却不见人,她当时就感觉不对,叫了老爹去海上寻,结果把我给救了回来。"

"你爸呢?"诺亚问。

"我妈说,我爸回来敲门的时候,就没了。"小哥突然笑了,像是冷笑,鼻子哼了一声。"这种事,在村里挺常见的。小学时,有一次发台风,班里有八个同学都没了爸爸。"

"命运夺走一些东西,一定是提醒你,你有更重要的使命。可还有一种情形,就是你意识到自己的使命,于是主动放弃了某些东西。"诺亚的裙摆没有拧干,水淌了一地,她看着地上的水渍一点点变大,又一点点变淡,直至消失。她不要这种人生,像水遁入空气,无影无踪,她的使命是写作,去创造编织一个世界,一个无限大、能容纳无数人的永恒空间。即便有一天,她死了,她也依然是她的世界的唯一主人。

小哥并不十分明白诺亚的表达,不过他还是被诺亚的神情打动了,他想起诺亚写作时的专注,世间万物在她眼中,似乎都是不存在的。小哥想,这样狂热虔诚的人,是不多见的。小哥又想到自己,他骨子里也有一股狠劲,大专毕业后,在城里待了两年,后来跑到这家书店打工,只是两年,这家店就归他管了。当然,这其中有些事,他是永远不会对别人说的,比如他甩开出版社,从批发市场拿折扣更低的图书,有几回还是论斤称的——他当然知道里面掺了盗版书。他还拉了好几个微信群,专门帮出版社给新书打榜……至于饮品,他进的货都是临期的，价格跟白给一样，他想尽办法缩减开支，秀丽来帮忙也是不给钱的，顶多给她几本书。再累也是一个人从早扛到晚，因为他有很多计划想实施，这都需要钱。他从第一晚就知道诺亚是作家，只有作家才会这么喜欢书店。可他又有点害怕她，怕她对一切都好奇，对一切都要问个究竟，比如是谁开了这家书店，又是谁去选的书，他没法回答。他想起店里原本是有只黑猫的，可在那个晚上，它被女人溺死了。是的，溺死的不是小猫，而是黑猫，可在他讲述时，直觉告诉他，说成小猫更能打动人。小哥不明白他为什么想要打动诺亚，打动一个作家对他有什么好处呢？

五

诺亚认识程强时，还叫伊思思——后来她爸妈离婚，她才改的名。从初三到高三，程强追了她四年，直到她出国读大学，两人才断了来往。诺亚不想见程强，她预感到这后面恐怕要发生些什么。她知道程强的职位越来越高，也想过找他关照一下，有几次，她找朋友要来程强的微信号，可想想还是没加。她不知道怎么开口说第一句话。他还会记得她吗？或者他又接着纠缠她呢？这些都是她不愿去面对的问题。

出门前，诺亚花了半个小时，把马尾拆了，洗了头发，吹干了，想披着，又嫌不够柔顺，还是扎上了。她在镜子里瞥见眼底的红血丝，才想起来应该补个觉，毕竟从海边开车到北京，得四个小时。她没带鲁比，小哥告诉她，小区边上就有一家宠物诊所，可以接种疫苗。

诺亚比预定时间晚了一个小时到，高速上车太多，她开着开着，就感觉胳膊变得无比巨大，大到她无法控制，她进了服务区，喝了杯咖啡才重新上路。小宇催了她好几次，说再不来，程强就要走了。

走就走，诺亚反而有些生气。对程强，她有一种说不清道不明的优势感，曾经，他在她眼里，是一大捧棉花糖，只需一小把糖就能转出一大团，不费力就能咬上一口，握在手里，还能跟人炫耀一番，只是，她从来没把这当一回事。她的车越开越慢，她意识到，自己的迟到可能是故意的，她就是想让他等。诺亚获取了自己的心思，并无欣喜，反而无比沮丧。她越发分辨不出，她的思想里，到底有多少是属于她的，又有多少是她并不知晓，也不能控制的。她痛苦得想把自己撕成碎片，幸好快到了，北京晚高峰时的交通及时转移了她的注意力，她没法走神了。

她共享了位置给小宇，到停车场，发现程强在等她。她有些意外，问："小宇呢？她一直在催我，怎么现在不见了人影。"

"我给打发走了。这一个个，还挺不乐意。"说着，程强坐上副驾驶座,"接着开,我带你去家餐厅,是个加拿大人开的,枫糖煎三文鱼,烟熏肉三明治,特正宗,保证你喜欢。"

程强赶走了小宇,是明智的,他们之间的相处,伪装给别人看很累。

"我一直在等你,肚子都咕咕叫了。"程强拍拍肚子,"有什么事,咱们吃饱了再说。"

"我不想吃三文鱼。"诺亚靠在椅背上,努力让脖子挺直,"我是来求你办事的。"

程强笑起来:"咱们换个思路,我们不是老同学,单纯就是作者与销售渠道的关系,边吃边聊聊你的书怎么推广。"不等诺亚点头,程强就开始指挥:"出了停车场向左拐,七八分钟就到了。"

那顿晚餐,一直吃到十一点才散。整整三个多小时,都是程强在说,他说到做到,果真半句不提两人的过往,只说图书营销。他点开手机页面,一点点给诺亚讲,诺亚的身体起先是微微后仰的,她不想靠程强那么近,可是后来,她的眼睛贴在程强的手机屏幕上,她一会儿摇头,一会儿又点头,说:"怎么可能,太可怕了,网络营销这么精准,谁能逃得掉?"

诺亚想到她和卢卡斯有过一次裸泳的经历,那种感觉和现在很像。程强所讲的大数据,就像是把每位消费者都扒光了,但凡人们点过的、搜索过的、停留过的,全部被采集，网站才是最了解人性的专家。她想到实体书店，又想到柜台后面切橙子的小哥，感到这两个时空之间的遥不可及。

"实体书店会消亡吗？"诺亚没头没脑地问了一句，程强的眼睛亮了一下，说："当然，以后是数据时代，但书店会以另一种形式重生，比如我们上学时常去的新华书店，去年重新装修，现在是家文创咖啡厅，昨天我点了杯咖啡，你猜叫什么名，罪与罚。"

"咖啡厅是精神家园吗？能遇到相同的灵魂和情感吗？"诺亚反问。

程强愣了一下，他想起高二时，跟诺亚一起排练话剧《暴风雨》，诺亚也提过类似的问题，当时他扮演的是主角普洛斯彼罗，诺亚扮演他的独生女米兰达，剧中，他庇护女儿，遮挡风雨，给她想要的一切。这么多年了，那张印着他和诺亚剧照的海报一直在他脑海里贴着。程强本来想说几句剧中的台词，可到了嘴边却怎么也说不出，他早没了那种激情，他只叹了一口气，对诺亚说："这么多年，你一点都没变。"

整个餐厅只剩下他们俩了。一个金发女人坐在柜台后，面前摊开一本诗集，悬空的高脚杯在她头顶上闪闪发光，她身后的酒柜里大多数是冰酒。

两人往外走时，女人站起身，递给诺亚一个纸袋，是两瓶枫糖浆，金黄色的液体装在枫叶形的瓶子里。女人说:"是程强先生让我准备的。"她的中文说得很地道。

程强叫那个女人米娜,他介绍诺亚时,轻轻搂了一下她的腰。米娜对诺亚并无兴趣,她的蓝眼睛只盯着程强,她约程强下周去参加在SKP一家书店举行的新书发布会。程强说要出差,去不了,不过,他会在网站上给米娜的诗集安排推荐位。

米娜邀请两个人到露台上去喝冰酒,程强摆摆手,他说诺亚累了,刚才趴在桌上都快睡着了。他说话时,又搂了一下诺亚的腰,这次诺亚躲开了,米娜这才认真地看了一眼诺亚,问:"你还回加拿大吗?"她用的是回,而不是去。

程强抢着说:"不去了,她怕冷。"

两人回到车里,已经凌晨了,月亮在枯黄的梧桐树叶后面若隐若现。程强说:"在这附近找个酒店歇一晚,明天再走。"

诺亚说回去,家里还有鲁比需要照顾。看程强不解,又解释,鲁比是一只刚出生不久的小猫。

程强掏出手机发了几条信息,然后下车,转到诺亚的车门边,跟她换位置,"我送你回去。"

"不用不用。"诺亚有些意外,把着车门,不让程强开。

"有个部门会议,我已经安排好了,可以晚到一会儿。"

"程强。"诺亚叫他的名字,有点恼怒。

"我知道你在想什么,咱们边开边聊。"他坚持。

诺亚擦着程强的衣角,把车开走了,到了停车场外边的马路上,她速度慢下来,想看看程强有没有跟出来。她想,程强送她回去,也并非不可,她拒绝的,是他的气势,还有他擅自做主的霸道。

程强出来了,可他并没有朝马路上看,而是走上一段台阶,台阶的终点是一片露台,几条灯带在轮番闪烁,一个穿黑裙的金发女人迎向程强。

凌晨四点,诺亚回到海边,从停车场出来,她没有回家,而是穿过一片漆黑的树林,顺着一条湿滑的小道,走向书店。雾气很重,她的睫毛都湿了。

小哥很快就开了门,他的睡袋就放在门边,他钻出来太急,睡袋扭成麻花。拉链大开着,里面的热气全跑光了。诺亚把手提袋递给他:"枫糖浆,正宗的。"

小哥说:"你太讲究了,什么蜂蜜、枫糖浆,反正都是甜的。"

"不一样。"诺亚严肃起来,小哥怔了一下。诺亚突然觉得自己很好笑,味道的确都是甜的,对大多数人来说,这就够了。

诺亚主动帮小哥把睡袋抱到柜台旁边,睡袋一个角拖在地上,她觉察到了,反而手一松,睡袋在地上拖拖拉拉的声响，触碰她脚踝时的冰凉，都让她愉悦。她结婚时穿的就是拖地长裙，走过一大片绿色的草坪，那时，她以为小镇是她的天堂。

路过书架时，诺亚走得很慢，想把所有的书名都看一遍——其实她已经看过很多遍了，可每次路过时还要看，不看，眼睛就没地方搁，这种对书的关注像是身体的一种本能。小哥在她前面，很短的一点距离，却扭头看了她三回。

诺亚回家后，冲了澡，披着湿漉漉的头发给鲁比喂奶，鲁比含着奶嘴一口气喝了二十毫升奶才把头偏开。诺亚把鲁比抱在怀里，亲吻它的小脑袋，鲁比闭上眼，把头倚在诺亚怀里。诺亚想起刚才在书店的事，像是很遥远了。当时，她在书架上翻到一本《彼得·潘》，她没见过这个版本，拿了书跑到柜台告诉小哥这书是假的，"你看，这插图的线条多粗糙。"小哥正从烤箱里端出一盘牛角包，诺亚想到小哥这是在给她准备消夜，就把书的事给放下了。面包配枫糖浆的味道很棒，一切发生得都很自然，是她提议去贮藏间的，她不能接受被那么多本书注视。让她意外的是，书店竟然有一大盒安全套，小哥说是之前有本与艾滋病相关的书搞活动剩下的。诺亚听说过买书送海报、手环、项链、布袋、扑克之类的，送安全套还是头回听说，她想出版社真不容易，为了多卖几本书，真是挖空了心思。

六

有很长一段时间，诺亚没有去书店，她从晚上八点一直写到早上六点，不仅完成了《女巫爱弥儿》系列十，还额外给《童话星球》杂志写了两个短篇童话。双"十一"时，她的书卖得很火，是榜单前三名。

小宇来过两次，商议新书的封面和插图。她问诺亚，那晚她和程强到底发生了什么？又说有人私下里议论，说她的榜是自己买上去的。诺亚让小宇把程强的微信推送给她。小宇不信，连问三遍："你没有程强的微信？"

诺亚约了程强来海边，两人在大船旁边的沙滩上散步，诺亚没有喷定型水的长发，被风吹得支棱着挡住了眼。程强的棕色尖头皮鞋里进了沙子，他每走一步都朝前踢一下，想把沙子赶到鞋头部位。夕阳在他们背后像一只红通通的眼睛。

诺亚说走累了，坐坐吧，盘腿就坐了下去。程强舍不得让裤子碰到沙子，脱了鞋子垫在屁股下。诺亚说："你这双意大利皮鞋大几千，不比这条裤子贵？这条裤子的屁股都磨出亮来了。"程强说："可不是，膝盖上还被烟头烫了一个洞呢，我上次送去织补花了一百多。"

诺亚这才认真看那条裤子，斜插兜上方绣着几个字母，是诺亚爸爸公司名称的缩写。诺亚摇头，"这裤子不适合你，又肥又大，早该扔了。"

"不，除非你再给我买一条。"程强说，"思思，别不承认，其实你对我一直有好感，要不然，你不会在临去加拿大前，托人送我条裤子。你不会不明白送裤子的意思吧。"

诺亚想解释这是个误会，要不是在毕业聚餐时，她打翻了可乐，洒在程强的裤子上，她怎么会偷拿老爸的裤子给程强。她也是事后才知道，裤子不能乱送。

程强说："等你写完十二本，就组个礼盒，争取冲上年度排行榜。"接着又说，"我们是有感情基础的。我是心甘情愿为你做这些事的。"最后他说，"我听小宇说，你有个女儿，我不介意，我喜欢孩子，她叫艾玛，是吗？"

程强的声音很好听，可诺亚却希望他从来没有提过这个名字，艾玛，程强知道她女儿的名字，看来，他只是仅仅知道这个名字。天色暗下来，风把夕阳推到海里，诺亚突然念出一句台词："五㖊的水深处躺着你的父亲。"程强很快接了下去："他的骨骼已化成珊瑚，他眼睛是耀眼的明珠……"

诺亚有些感慨，记忆中某些东西，她以为忘记了，其实一直都在。她看程强，程强也看她。诺亚想，她释放了一个糟糕的信号，剧中的老父亲又回来了，而她，还愿意扮演那个任他宠爱的女儿吗?

七

诺亚规定自己一天要写九千字,之前她一天只写三千字,多了三倍的工作量,她有点疲惫却无比充实。她像个战士,在想象的国度中英勇杀敌,这仗越打越顺手。米兰达很久没有冒出来了,似乎是真正不存在了。诺亚想自己天生就是吃写作这碗饭的,她把同行的作品拿来读,越发觉出自己的独特。

程强每周过来看她,她表现平常,来了就陪他到海滩上走走,天气越来越冷,游客很少了。风大时,程强会把诺亚搂在怀里,亲她的额头,说怎么越来越瘦了,程强给诺亚买了燕窝,手把手教她怎么炖。他说:"你没必要这么拼命,少写一点,多配些插图,也能撑起一本书。"

诺亚想起刚怀艾玛时,她正在写《女巫爱弥儿》系列的第七本,有好几次,她坐在电脑前一整天,一个字也写不出来,只是流泪,她担心有了孩子以后,恐怕要告别写作生涯,她对做家庭妇女这件事,起先是厌烦,后来是恐惧,她不想在小镇上度过一生,镇子美得像世外桃源也不行,连家像样的书店都没有。

诺亚是那种人,有时候浪漫得不吃不喝都行,有时候又现实残酷得可怕，银行卡里收到的版税越多，她现实的那一面就越发蓬勃。她想程强带给她的好运，一定要转化到作品的销量上。前不久，小宇把她拉进了几个作家群，大家明里暗里都在攀比，一天好几屏消息，只扫了几眼，她就得出结论，童书市场蛋糕很大，可竞争也惨烈，程强主管的网络平台占了销售的半壁江山。她得抓紧时间，多出几本书。她不想总租房住，家具电器没一样合心意的，她要买个大房子，最好是上下两层的，房子里要装满书。

有时候，诺亚会问自己，赚够了钱之后，要干什么呢？对，不考虑市场，想怎么写就怎么写，或是选个喜欢的人，过一辈子。这样想的时候，他们正路过海边书店，诺亚想小哥或许在玻璃后面看着自己，这样也好，她跟小哥之间，是不可能的。小哥是不能离开书店的，离开了书店，他就是一个普通的男孩，她没有办法从人群中把他认出来。可转而，诺亚又想到小哥拼了命救她，蹲着给她包扎伤口，睡在门边给她开门的情形，她有点恨自己的现实与冷酷。小哥离了书店也是一个特殊的男孩。

往回走时，诺亚注意到有几棵树上挂着木牌子，彩色粉笔写着：等你来！面朝大海，春暖花开。署名是：海边书店。程强有些不屑，这样做广告，能有什么效果？没有社群吗？诺亚忍不住笑，她想起《霍乱时期的爱情》里阿里萨发给费尔明娜的电报，还有那些藏在树洞里的情书，她想象小哥爬到树上去挂小木牌的情形时，脑子里又冒出卡尔维诺的《树上的男爵》，柯西莫可以一辈子生活在树上，她也可以，但只能在梦境中。

晚餐是程强在网上订的火锅上门服务，满满一桌子。诺亚拿本书边看边吃，程强扯走她的书，告诉她，下月出版社要给她的新书开研讨会，"你什么都不用管，只要人去就行了。"

她问了日期，说撞上了，那天要去京西一家书屋见小读者。

程强给她夹了个牛肉丸，说："那你就换个日子，或者干脆取消。这个研讨会很重要，我帮你请了几位重量级的评论家。"顿了顿，他说，"你现在还缺点声势。"

诺亚并非不懂这个道理，文学圈子不太认销售量——这有些奇怪，他们向往销售好，可又惧怕会因此折损文学的独特性。面对作家，他们更认同评论家与主流期刊的眼光。用程强的话说，诺亚写了很多年一直不火，就是因为她没有找到这两者之间的平衡点。

"你应该先跟我确认一下时间。"诺亚往嘴里塞片生菜，她心里盘算着赶紧跟书店那边说一声，这个活动是昨天刚定下来的，改时间问题不大。

程强说："你天天在家，有什么好确认的。"

诺亚说："我不管在哪儿，我的时间也是我自己的。"

程强把一盘牛上脑一股脑儿倒进火锅里:"妈的,还得去店里吃,就烦这些塑料饭盒,什么好食材搁里头,都显不出好来。"

程强走后,诺亚抱着电脑去海边书店。夜色模糊了树上小木牌的轮廓,可诺亚感觉小哥在树上陪着她走。她越走越快,直到跑起来。小哥不在,送货的老爹在看店。他说,小哥去杭州参加培训了,下午刚走,要一个星期后才回来。

诺亚问起小哥父母的事,老爹说在深圳的物业公司打工,一个看大门,一个扫厕所,过年都不回来。"现在过年有啥意思?村里都没人,以前书店女老板活着的时候,倒是挺热闹的,放焰火,还发红包。"

诺亚想起了海报上的女人和黑猫,还有那个溺死小猫的故事。她想多问几句,可老爹咳得厉害,她想这是老人在赶她回去。回家的路上,她对着想象中的树上小哥说:"你要当个作家,恐怕也不会差。"

对于小哥编的那些故事,诺亚还挺欣赏的。她小时候就常常搞不懂想象的事与真实的事之间的差别,后来长大了,适应了成人世界的规则,又困惑于另一种真假,比如同一件事,她和别人的记忆完全不一样。她为这事困惑了很久,直到她得出一个结论:记忆是不可靠的,是可以根据人的精神需求删改的。

她又想到米兰达,这个不存在的人物,是不是被她删除的一部分记忆。

八

诺亚再去书店是在半个月后。书店大变样了，落地窗前的桌椅搬走了，海景最好的那块玻璃窗前，摆着一张直播台。小哥在货架前忙乎，他从大纸箱里掏出手账、卡片、笔袋、书签等，分门别类地塞进格子间，他看见诺亚，从箱子里翻腾了一会儿，找出一个灰皮本子递过来。封面是个骑扫帚的女巫，女巫的斗篷上缀了金色丝线，有几缕线压弯了，诺亚一根根捋顺。

"要改成文具店吗？"诺亚问，新货柜的位置，占用了之前的新书推荐专柜。

"文创产品。"小哥说，"这些小东西更对顾客胃口，利润也大。"

诺亚问桌椅挪到哪儿了，小哥带她绕过几个书架，来到书店的另一侧，不临海，也没有玻璃窗，只有一整面墙，墙上贴着书架造型的贴纸。

小哥注意到诺亚的表情，说："你要不喜欢这里，就和我一起坐直播台。从今晚开始，我天天都要直播。"

诺亚问："是冲着所有人喊，宝宝们，买它，买它吗？"

"你不喜欢这样？"小哥神色有些黯淡，不过，他很快又兴奋起来,告诉诺亚,这次培训学到了很多东西,销售专家们帮书店做了诊断。

诺亚心想,书店又没有生病,为什么要诊断?而那些所谓的专家,有几个是爱看书的,他们恐怕多是跟程强一样的生意人。

小哥掏出一个黑皮笔记本,给诺亚讲专家的建议,说完了,抬起头来问:"你觉得怎么样?"诺亚没说话,小哥讲了半天,她只记住了四个字:网红书店。

那晚直播很快就结束了,没多少人来,书是一本也没卖出去。小哥带着诺亚去老爹家喝酒,庆祝第一场直播圆满结束。

诺亚喝多了,直往海里跑,小哥搂着她走,诺亚清醒后推开小哥,即便跌跌撞撞,她也要自己走。路过书店时,小哥抓住诺亚的胳膊,说他是认真的,问诺亚愿意等他吗?

"多久?"

"五年,我奋斗五年后,娶你。"

诺亚有一点心动的感觉,可她很快明白,是酒精麻醉了她。一个年轻人的五年能换来什么?单靠奋斗就可以吗?无数只蚂蚁在她脑海里涌现,数不清的触须在向上伸展,每一只都很努力,可依然有无数只蚂蚁被掩埋。

诺亚吐了,先是弯着腰,后来是蹲在地上,吐到最后，全是黄水。小哥拍她的背："吐出来就好了，吐出来就好了。"

小哥坚持要背诺亚回家，诺亚闭着眼，晃着腿，希望这条路能一直走下去。她让小哥下次直播卖她的书，她就在旁边现场签名，至于书，她可以让出版社发些过来，价格跟网站一样低。

"真的可以蹭你的热度？"小哥明白了诺亚的意思，有些兴奋，用力把诺亚往上颠了颠。诺亚把头垂在小哥的脖子上，她想她也是死过好几回的人了，可很多事，还是看不开，俗的也好，雅的也好，都要堂堂正正去追求，这才是人生。她妈从小教她要人格独立，不要依赖男人，可什么是依赖呢？只有一方弱时，才叫依赖，一个内心强大的人，无论和谁在一起，都不能称之为依赖。

九

原定于开研讨会的那天，诺亚去了京西一家山间书屋。小宇拼命阻拦，在微信里发了一串语音，说程强交代了，不让你出门，以后想见小读者，她可以安排，王府井书店、西单书店都没问题。诺亚干脆把手机关了。

书屋在景区里，蓝色的铁皮牌子支在半山腰，画着粗大的指路箭头。有个工人骑在房顶用锤子敲钉子，看见诺亚过来，便停下动作，等她走过。书屋里有个长发女孩拿着手机在直播，她身后有几个书架，上面的书稀稀拉拉的，倒是柜台旁摆放特产的货架满满当当，挂着桃木剑、烫画葫芦之类的物件。

女孩过来跟诺亚打招呼，诺亚躲开镜头，问："小读者呢，怎么变直播了？"女孩说："雾霾有点重，孩子们不来了，改成直播也挺好的，您看直播间里有好几百人呢。"诺亚扫了一眼屏幕上滚动的留言，心想，真应该听小宇的话，安心待在家里。这时代，山里和城里没什么区别，绯闻传播的速度一样快。其实早在程强取消她的研讨会时，她就知道自己在网上火了。小哥蹭热度的力道有点猛，直接把她送上了热搜。

或许小哥自己也没想到，他的成名之路如此快捷，他那天喝了一点酒，坐在落地窗前，看着大海讲述自己与诺亚的情感经历，午夜书店、深情相拥……他后来解释本来只是想说说诺亚在书店写作《女巫爱弥儿》的事，可是好像这些事都串在一起了，扯了一个线头，其他的都出来了。

这段直播经几个自媒体大号剪辑转发后，持续发酵，标题一个比一个火爆，小哥开始还想往回捞，后来发现成名好处挺多的，直播间粉丝噌噌地上涨，好几万了，书店的业务也上来了，秀丽帮他打理来自全国各地的订单，快递员骑着三轮车一天两趟来取快递，老爹时常做好了盒饭送到店里来。

诺亚抱着鲁比去过店里一趟，小哥正被一群人围着拍照。诺亚想找个地方坐，却发现靠墙的那排座位也拆了，现在这里是库房，新添的打印机正在往外吐发货单，秀丽踮着脚，跨过一地的包裹，拿着发货单去配货，她指指边上的一摞书，招呼诺亚坐。"有几个自媒体的人在采访小哥，估计快了。"

诺亚戴上墨镜，出了门，她看到墙上贴了新的海报，是一对情人背靠背坐在沙滩上，旁边几个黑色艺术字：海边书店，遇见爱情。海报左下方有网上直播的预告，每晚八点到十二点，小哥等你来看海。另有一排小字提醒：参观书店需网上预约，不欢迎空降。一切都是网红书店的模样。诺亚想小哥的培训班没有白上，黑皮本子上记录的梦想都成了现实。

程强得知此事后，第一时间通知出版社把研讨会暂停了，他给诺亚打电话，语气很不好。诺亚迟疑了一下，说是书店在炒作。她心里并不怪小哥，一个年轻人，脚还不利索，若是不借助一下外力，要往上攀登多难，小哥能蹭她的热度，这起码说明她是有价值的，她不也蹭着程强的渠道吗？

程强说："这种炒作对你没好处，你应该往文学上靠，往孩子身上靠，而不是往小鲜肉身上靠。你以后还想做儿童文学作家吗？"说到文学，他加重了语气。诺亚想起了几年前的那次对话,看来程强记得这笔账。

诺亚说:"第十本交稿了,是不是可以大结局了。"

程强说:"不,写到十二本,组礼盒才有气势。至于书店那边,你不用管了,我会让他们闭嘴。"

十

诺亚的作品研讨会在春节前召开,那几天下小雪,她提前一天开车去北京,赶上高速封路,早上出发,晚上才到。程强让她到自己家过夜,她没同意,订了酒店,晚上约小宇吃火锅,这也算是散伙饭,她的第二套书签给了另一家更有影响力的出版社。

小宇并不伤感,她说这种情况太普遍了,诺亚现在的名气配得上最好的出版社。再说,她也马上要跳槽了,这套书火了之后,不少猎头来挖她。她劝诺亚好好珍惜程强,"他人挺实在的,为给你挡事,没少费心思。"

诺亚这才知道,程强专门找了小宇,让她截住了所有想找诺亚的记者,另外,还重点公关了几个媒体。诺亚想到这段时间的安静,原来是这么得来的,有些感慨,可也有些不满,程强为什么不跟她商量一下。她又想到,小哥在直播时的道歉,八成也是出于程强的操作。

两人碰杯,诺亚对小宇说,一切都是从你逼我见程强开始的。语气有点奇怪,也不是感谢,也不是抱怨。

小宇以功臣自居，有点得意，她问："听说你们要结婚了，新房在顺义，还是别墅。"

诺亚摇摇头："房子是我租的，下个月搬。"

"你不住海边了？"

"不住了。鲁比死了……"

小宇又问起书店的小哥怎么样了，诺亚也不说话，给自己倒了一大杯红酒，先是小口地抿，随后是大口地灌，她撑着下巴，掐着酒杯，指尖一片白。她想，像她这样的女人，一个人生活挺好的，虽然偶尔会孤独，可那也不是来自内心，而是来自外界的评价——她想要自己的人生，恐怕要放弃别人眼里的"人生"。

小宇打车送诺亚回酒店，她在半路下车，蹲在马路边上吐。吐完之后，她让小宇先走，自己步行回酒店。并不长的路，她走得很慢，如同在沙滩上前进，每一步都有阻力。是很繁华的地段，路灯明亮，月亮只是远处清冷的辉光。诺亚产生了幻觉，她在临街的一扇玻璃门前站定，想着小哥怎么不来开门。她把脸贴在玻璃上，看见小哥在睡袋里伸出胳膊，指尖在空中相触，是一个拥抱的姿势。

程强打来电话，叮嘱她不许熬夜，起来要吃早餐，最好化个妆。她嗯了几声，想问程强用了什么方法，让小哥离开了书店，可话到嘴边，还是吞了回去。

程强把研讨会安排在一年一度的童书展览会场，现场布置成粉色的海底宫殿,两个穿着女巫爱弥儿服装的女孩站在门口迎宾。诺亚穿着程强送她的粉色毛衣——送来时袋子里有购物小票,诺亚想这么多钱省下来买书多好。

原定两个小时的会议开了三个小时。开始,诺亚没好好听,盯着其中一位专家的鼻子看,是个笔挺的希腊鼻子,诺亚在脑子里构思童话,连标题都想好了:《我有个棒鼻子》。后半段,有个专家谈到精神分析法,说到《安徒生童话》折射出人们常做的裸体梦,这是一种无意识在文学中的体现。诺亚的心像是被猛击了一下,她回忆起写作中那种拧巴的抗争状态,这些显然都投射到她的作品里了。专家又分析了诺亚童话中人物与原型的对应关系,诺亚的脑子里一点点地透进光亮。

散会后,诺亚坐在座位上发呆。程强拍拍她,你想多了,评论家又不是来指导你写作的。他们只是负责解析作品。就跟庖丁解牛似的,每个人刀法不同,有的人从屁股杀,有的人从胸口杀……

诺亚还是坐着不动,她清晰地看到自己的问题,坚持了多年的打仗式书写造就了她作品中的撕裂感,这种撕裂感帮她吸引了大量读者,可同时也局限了她的写作。诺亚不得不承认,作者的人生与童话的世界是有某种内在联系的。

程强看诺亚对他的话不理睬,便有点不悦:"我好歹卖的是书，能没点见识？你以为我这个位置，是凭空得来的？"诺亚这才从苦思中醒过来，对程强说了声谢谢。

程强的位置并不牢靠，年后，他调了岗，说是正常的内部轮岗，可是部门却换成了冷门的箱包频道。

诺亚听小宇说起这件事时，已是七月了。程强休了年假，陪她一起去加拿大办离婚手续，十多天的旅程里，她几次想谈谈这件事，可他根本没给她机会，一提到工作就转移话题。

"是因为我吗？"她在微信里问小宇。

"跟你关系不大，你那活动是出版社出钱弄的。"

诺亚欲言又止，按照原计划，她正式离婚后，就跟程强结婚，她去过程强家几次，不仅见了父母，连亲戚都认全了。至于她的父母——离婚后又各自结婚生子，顾不上操心她的事，她只在电话里简单说了情况。她父母之前就认识程强，知道他是初婚，就更满意了，甚至还觉得女儿占了人家的便宜。

请人看了生辰八字后，结婚的日子很快就定了下来，是国庆节。可整个九月，程强都处于失联状态，他告诉诺亚，自己很忙。小宇提醒诺亚，要当心米娜。她说，米娜的朋友圈里总能看到程强的身影，这两人走得有点太近了。

诺亚把预订好的礼服、酒店、宴席都退了，她想了想，还是让程强先提出分手，要是她提出来，似乎有过河拆桥的嫌疑，关键是这个桥刚好还挪个地方——一个她用不上的地方。程强一直拖到了九月底，才跟诺亚提出分手。诺亚觉得这样最理想，她愿意当被分手的那一方——虽然她早就想好了要分手。见面那天，她看程强又特意穿了那条旧裤子，她想这么多年，程强其实没怎么变。她如果一定要嫁人的话，只能是程强，可幸好，她可以选择谁都不嫁。

程强点着一根烟，又抽出一根递给诺亚，他吐着烟圈问："不想问我为什么吗？"

诺亚把烟握在手里，程强恐怕忘了，她戒烟有三个月了。两人靠近说话时，她闻到程强嘴里的酒味，看到他黑色毛衣上的头皮屑。

"我的英语并不好，法语根本听不懂，不过，我把卢卡斯说的话，录了下来，请米娜帮我翻译。"

"翻译？"诺亚问，"在加拿大时，你一直在偷偷录音？"

"我不想当个傻子。"

"你情愿让外人来翻译，也不肯来问我。"诺亚咬着嘴唇，她没有想过要瞒程强，虽然没有主动向他说，可她以为只是一个时机问题。没想到，这是一个信任问题。

程强说："我想听你亲口告诉我，卢卡斯说的都是假的，艾玛的死只是一个意外。"

诺亚想，米娜这个翻译很尽职。

"从加拿大回来后，我一直在等你给我一个解释，你却当作什么事也没有发生。你什么都不告诉我，就像小哥，你我都明白，根本不是炒作。"

诺亚平静下来，她问："还有别的想法吗？一起说出来。"

"有，我想跟一个正常的女人结婚，晚上能安安稳稳地躺在床上，而不是通宿不睡觉，白天在沙发上凑合。"

"还有吗？"

"我想生一个孩子，而不是养一只小猫。"

"所以说，你是故意压死了鲁比。"诺亚的眼里流出泪来，"你竟然是故意的，故意的，我早应该知道，你讨厌鲁比……"

"什么时候轮到一个压死孩子的人来指责一个压死猫的人。"程强冷笑，"诺亚，你变了，你和从前一点也不像，一点也不像。"

那晚，诺亚坐在书桌前，如同是在海上，身子随着浪头颠簸，她敲击键盘，呼唤米兰达出现，她渴望那些幻觉，不，那不是幻觉，都是真实的，是被她自行剪去的一段记忆。

十一

诺亚一直想弄清楚，艾玛在这个世界上停留的具体时间，是十二个小时还是更长。她不能躺在床上，否则这个问题会一直缠绕她：艾玛究竟是在哪一分哪一秒离开的？

在医院时，诺亚的床位本来是远离窗户的，可卢卡斯说窗边光线好，他可以更清楚地打量小宝贝艾玛——他是近视眼，却不愿戴眼镜。艾玛的婴儿摇篮就挨着窗户，刚出生三个小时的小宝贝，一直在沉睡，卢卡斯跪在地板上，把艾玛的小手托在掌心，一遍遍地欣赏。诺亚躺在床上，盯着卢卡斯的侧影想，艾玛长得和他真像，眼珠是蓝色的，头发是棕色的。

傍晚，诺亚感到有一缕风从窗户的缝隙吹进来，她按铃叫来护士，想换一张床，可是护士说，换床位得等到第二天上午。卢卡斯找来胶带把窗帘固定了一下，伸手感觉了一下，说没风啊。睡到半夜，诺亚还是感觉有风，她的头发都吹动了，她起身摸了摸艾玛，手有点冷，她又叫来护士，护士检查了一番，给艾玛换了块尿不湿，说一切都很好，宝宝很健康。

诺亚伸出手，风从指缝穿过，她决定把艾玛搂到怀里来睡。艾玛睡得很香，诺亚抱起她时，小毯子从她身上滑落，她挥挥小手，却并没有醒。诺亚把乳头送到她嘴边，她一口就叼住了，嘴唇有节奏地吸吮着。诺亚把被子拉高，直到艾玛的脖颈处，她不想让风钻进她和艾玛之间的缝隙里。

诺亚在睡着之前,一直维持着侧卧的姿势,艾玛柔软的身体紧紧贴着她,她一只手枕着头,另一只手握着艾玛的小手。她想,这之后的许多个夜晚,她都会跟艾玛这样亲密相拥,她还想,艾玛一定会喜欢他们的家,卢卡斯为艾玛布置了一个粉红色的婴儿房,还在花园里为她准备一个秋千和一辆三轮车——她笑他,准备得太早了,可卢卡斯说,孩子长起来飞快,艾玛的腿那么长,一定是运动健将。

一阵惊呼声把诺亚吵醒,她怀里空空的,床上床下都没有艾玛的身影,她问:"我的孩子呢?"护士说:"送去了急救室。"

"艾玛的脸都紫了。"卢卡斯把她推倒在床上,怒吼道,"她没有呼吸了。"

护士小声说:"宝宝应该睡在摇篮里。"

医生请卢卡斯出去,诺亚听到医生在跟卢卡斯低声交谈,她听不清,却从语调里猜到了结局。她从半开的门缝里看见,卢卡斯围着走廊转圈,脚步凌乱,当卢卡斯的脸冲着门这边时,她看到卢卡斯把半只手塞在嘴里,眼睛和鼻子挤成一团。

诺亚把头裹在被子里,双手在四下摸索,床单皱巴巴的,她想抚平,指甲却陷入床垫。她不相信,那个软软的、小小的身体消失了,她想艾玛在跟妈妈玩捉迷藏。几个小时之前,那张小嘴还吸着她的乳汁,多有劲哪。被子里空空的、黑黑的，只有她沉重的鼻息声，还有一股淡淡的血腥气，那是艾玛出生时撕裂的伤口渗出了血。助产士夸艾玛是一个坚强的宝贝，脐带绕颈两周，却依然很健康，哭声也响亮。卢卡斯亲手给艾玛剪断了脐带，他说艾玛是世界上最棒的宝宝，应该给她的脐带上系个蝴蝶结。

诺亚用手捂着嘴鼻，不让自己呼吸，直到全身抽搐，双颊通红，被子被猛地掀开，她看见卢卡斯站在床边。

"你害死了艾玛。"他双眼充血，牙齿咬得咯咯响。

卢卡斯对警察说，生艾玛前，诺亚天天都在写作，编辑一直在催她的稿，她恐怕是担心照顾婴儿会耽搁写作，所以才杀死了艾玛。过了两天，他又回忆起诺亚在怀孕初期就显露出不想要孩子的一些证据，比如总是坐在电脑前流泪之类的。

所有人都以为卢卡斯是疯了，不该指责一个悲伤的妈妈，只有诺亚明白，或许卢卡斯说的并不一定全错。当她听到艾玛的死讯时，除了悲伤之外，还有一丝解脱，想她又可以全心写作了。她不敢相信自己会这么想，更没有勇气去确认这种意识的存在。

她努力说服自己，那晚，从窗户缝隙里吹进来的风，是真实存在的。

兔 子 洞

起先，我以为那是草原上长出来的一把剪刀，近了，才看清是两条腿，裹在土黄色的裤腿里，倒插在一个兔子洞里。

我把男孩从洞里拉出来时，他的凉鞋底上歇着一只蚱蜢，他的头刚从洞里出来，嘴巴就开始叫嚷。褐色的蚱蜢展开翅膀，在草地上画出一道弧线，几个跳跃，不见了踪影。

不远处的昆仑山脉在淡雾中显出轮廓，终年不化的积雪并未削减它锐利的棱角，它张开嘴巴露出利齿，试图啃噬每一双看向它的眼睛。

被我从洞里拉出来的男孩四五岁的样子，他躺在草地上，像一根新鲜的萝卜，半截身子都是土。旋即，他翻个跟头，立了起来，橘黄色T恤在腋下皱成一团，露出一截肚皮。当他走动时，我听到土扑簌簌往下掉的声音。

他歪着脑袋盯着我的白色头盔看，绿色的瞳孔湿漉漉的。我摘下头盔，用力辨别他嘴里发出的音符，试图从这种陌生的表达中筛选信息。他没有耐心说下去了，再次冲到兔子洞口，要把脑袋探进去，我这才明白，我刚刚搞砸了他的计划，他是存心想钻进兔子洞的。

在这片塔克拉玛干沙漠南边的牧场上，沿着起伏的山脉，布满成千上万的兔子洞，洞口如篮球大小，洞内并非直上直下，而是倾斜蜿蜒，这或许是兔子的仁慈，它只想要一个家，而非一个陷阱——洞的弧度拒绝任何人与动物的意外坠入。

我又一次把男孩从洞口拉了出来，他有了防备，两条腿蹬在我腰上，我后退了几步，抓下他的一只绿色凉鞋。他掀起T恤，低头看了一眼，腰侧有几道剐蹭的血口子，他噘了一下嘴，又吹了一口气，便又扭头奔向另一个兔子洞。

当我第四次把他从洞里拉出来时，他开始咯咯地笑，在地上翻滚，草丛里飞出成串的蚱蜢。我觉得这事似乎变成了一个玩笑，这并非我的本意。接着，我出于惯性又拉了他几次，把他从洞口移除时，他的身子扭动得像一根麻花，头高昂着，对抗里有了游戏的意味。

我松了手，坐在草地上，干裂的嘴唇渗出血丝，舔在舌尖上有些腥咸。我这才想起，从一早进入环塔SS9赛段以后，我滴水未进。看见男孩之前，我刚迷路，与队友失散，独自驶入了一段盐碱地。身处一片白茫茫中，我除了向前，无路可退。我把速度控制在二十迈，努力把身子向后倾斜，减轻前轮的压力，即便如此，车轮还是一次次陷落。记不清我拆卸了几回行李，才走出了那片松软之地。

这种沦陷的感觉一度让我想起半年前的青岛之行。是海与天颠倒了吗？水柱倾泻而下，我脱下羽绒服，护住手中的旅行袋，路也是坑坑洼洼的，青石板上似乎有鱼虾在流淌。我跳跃着躲避，几次差点撞到摩托车，等终于坐上出租车，便像融化的雪人瘫软在座位上。

下车时，我的羽绒服还是紧紧包裹在旅行袋上。司机递过来一把伞，说，小嫚儿，旅行袋里藏着什么宝贝？我把伞撑开，罩在旅行袋上，自己依然立在风雨中。司机很错愕，过了一会儿，说，你用完了把伞放宾馆前台，我有空来取。

在宾馆里，我把旅行袋里的东西一样样取出来，分别是我妈的骨灰、假牙、帽子、大衣，还有几支她用了一半的药膏——那上面有她大拇指挤压过的形状。我妈没来过青岛，可以后她会长眠于此，这里离我工作的北京六百五十公里，距她的家乡和田四千六百八十六公里。

我在洗澡时几次关了喷头，总想跟外面的妈妈说几句话，可话到嘴边，又不知道说什么。我妈感情生活丰富，到晚年也没消停。我研究生毕业后，她便跟我来了北京，起先，她只是断断续续地跑来与我同住，后来就住下不走了。我那时刚分配到图书馆的典藏部工作，整日与古籍相伴，想到余生都要消融在这个凝滞的空间里，时常沉闷。后来，我用半年的工资买了一辆摩托车，每日呼啸着上下班，这才多少消解了一些沉闷。

当我在温度固定在十八摄氏度、湿度固定在百分之五十的地下室整理古籍时，我妈则穿着裙子，涂着口红，踩着高跟鞋，踏遍了北京数个广场，换了数个舞伴。她长得并不精致，可体态丰满，还有一双大眼睛。我希望她赶紧找个老伴，搬出去住，可她运气实在太差，几个她看上的老头儿都只想玩暧昧，一提结婚就装傻。

我妈临死前，所有首饰都上了身。金项链挂了五条，玉手镯套了三只，每根手指上都有枚戒指。她什么也没给我留下，除了一个很像是玩笑的遗嘱，她要我独自去度假，至少十五天。她伸着金光闪闪的手说，要是我不听话，她会从坟里爬出来，挠我的脸——那时我妈还不知道，她会藏身于海，要不然，她不会如此理直气壮，她得先学会游泳才能从海里爬出来。

最近几个月，我时常在梦里见到我妈，她的指甲长得打了卷，像一棵被熏黄的卷心菜。于是，就有了这次拉力赛的旅程，当然，起初的选择有赌气的成分，我讨厌我妈的这个命令，可是，当我看到行程的最后一站是和田时，便觉得一切就应该如此。

我是从办公室直接去机场的，穿着没来得及脱的深蓝开衫，扑向塔克拉玛干沙漠。摩托车是现买的，一辆二手的宝马1250，它的前主人曾参加过在秘鲁举行的达喀尔拉力赛，在这个全世界最艰苦的拉力赛中，跑完了五千公里全程。上个月，听说他换了一辆本田金翼，我便向他讨要这只宝马水鸟，他同意给我，也愿意把车托运到沙漠交货。

领队说，我是赛场上唯一的女人。我告诉他，别指望我赢，我对名次没兴趣，我只是想走这条线路，这条路上经过的每个地点，我都无数次从我妈的嘴里听说过，那些绕嘴难记的奇怪名字，曾伴随我整个少年时期。

欢迎宴上，十几个酒杯碰在一起，有个红脸膛的男人吼道：不冒险，活着有什么意思！

我决定离开男孩，继续我的旅程，可他翻着跟头超过了我，再翻一个跟头，便攀上了摩托车，紧跟着就是一声惨叫，从车上跌了下来。

我弯腰拉他起来，他没有迟疑，立刻把手递给了我，很黑很瘦的小手，掌心热乎乎的，指甲缝里有青草和泥土。他的右手肘部出现一道烫伤，新鲜得仿佛还在冒烟。我挽起牛仔骑行裤的裤腿，给他看一道浅色的疤痕，这是我头一次骑摩托车时的烫伤，起泡后感染化脓，一个月才好。

男孩指着我的疤，又看着自己的伤，咯咯地笑起来。他的眼神里透出一抹亲密，似乎这道伤痕是一份荣誉，共同的荣誉让我们成了亲人。

我妈曾对我说，治愈别人的伤痛，最简单的办法，就是告诉他，你比他更痛。可我不同意，为什么要治愈别人呢，和别人有同样的遭遇，这件事本身就可抚慰人。

男孩围着我翻跟头，有几次翻到一半就折了下来，他坐在地上笑一阵，然后再接着翻。他引领我去一个地方，如同朝悬崖走去，看不到路，走近了，才发现有路。中间有几次，我想撤离，可好奇心驱使着我一直往前。那是一面向阳的山坡，坡度接近直角。男孩一直在翻跟头，有几次，像是要坠下去了，可他圆圆的脚后跟在空中画出一道弧线，又回到了草地上。我不再为他担心，让自己从坐姿变为躺姿，将身体平展地舒展在山脊上，如同晾晒一副动物的皮囊。

男孩带我来的，无疑是他的秘密花园，他熟悉这里的一切，他教我把耳朵贴近草地。他用眼神问我听到了什么。酥油草的尖头划破了我的耳根，除了风声，我什么也没听到。他皱了皱眉头，匍匐到草地上，T恤跳离了他的腰际，我看见一只蚱蜢歇在他突出的脊背上，像另一种窃听。男孩捕获到声音，小心翼翼地起身，招手让我过去，我爬过去，那只蚱蜢就飞走了。

那是来自大地深处的声音，扑通扑通，像人的心跳，又像是兔子的蹦跳，再接着听，又似乎有海浪的呼吸，那声音有一股牵扯力，我不敢动，怕惊走听到的一切，耳朵变得无限大，嵌入山体，我成了一只挂在耳朵上的小飞虫。

当声音消逝后，我们又在山坡上待了一会儿，我一直在说话，说着和那些声音毫不相干的话。男孩听不懂，他嚼着草根，蹦来蹦去，一会儿看头顶的白云，一会儿看山脚的羊群。他不怎么看对面的昆仑山脉，从这个角度看，雪山不再狰狞，倒像一只巨大的兔子，慵懒地卧在山顶。

回到路边，我检查车况，发现前胎亏气了，便从尾箱里掏出工具来修。男孩蹲过来，抄起一把扳手去砸草地上的紫蝶，他先是蹑手蹑脚地，快到跟前才投掷出去，自然是没有砸到，紫蝶不紧不慢地飞舞着，围着扳手转圈。男孩很兴奋紫蝶参与了他的游戏。他噘着嘴巴，冲紫蝶吐出几团口水。

我修好车时，男孩已经在草丛里睡着了，他蜷着身子，怀里抱着那把银光闪闪的扳手，我仰面在他身边躺下。酥油草并不柔软，它们试图扎穿我的后背，我用手托着脑袋，后背悬空。远处的山坡上，有牧民赶着一群羊，那牧民像是临时拉来客串的，技术并不娴熟，用一件衣服抡圆了赶羊，领头的是一只半边身子黑色的山羊，它似乎很享受被驱赶的乐趣，走几步便停下来，等着牧民的吼叫声。

从昆仑山吹来的风夹带着寒意，我从摩托车的侧箱里翻出一条红格子图案的毯子，搭在男孩身上，他的胳膊瘫在草地上，烫伤的部位冒出透明的水泡。之前，我曾制止他往伤口上抹口水，可现在，我突然想试试往这些水泡上抹点口水。这种感觉很神奇，我在给一个不是我儿子的孩子身上涂抹我的口水，如同我在亲吻他的胳膊。

男孩的皮肤很粗糙，毛孔里有细小的沙子，口水留下的湿痕转瞬即逝。那皮肤的弹性引诱得我俯下身去轻轻咬了一口，我见过同事这样亲吻她刚满月的孩子，把孩子的手腕衔在嘴里，用嘴唇包裹着牙齿轻轻地叨着，那孩子的皮肉被拎起来一小块，可显然并不疼，孩子只是咧着嘴乐。

我见过婴儿最初的样子，那时我十五岁，陪我妈去做流产，简陋的乡村医院，透过帘子的缝隙，看见我妈跷在手术台上的两条大光腿，其中一只脚上穿着一只红袜子，另一只袜子掉在地上，像一摊血。我妈一直在哼唧，夹杂着铁器碰撞的声响。后来，医生说好了，家属进来扶一下。我掀开帘子蹲进去，一眼就看见了手术盘里一条小小的半透明的腿。很快，它就被倒进了垃圾桶，和我妈的红袜子在一起——之前，我并不知道那个黄桶是装医疗垃圾的，在我妈四处找袜子时，我弯腰捡起地上的袜子扔了进去。

风大起来，吹得我嘴中叼的男孩的胳臂轻轻晃动。或许是冷，我的牙齿不听使唤地打战，力道越来越重了，牙齿沉迷于切割皮肉的快感。疼痛让男孩的睡眠有了缝隙，他哼一声，晃了晃脑袋。我细细打量他的脸，脑门、眼皮、鼻侧、下巴上有许多若隐若现的疤痕，他来这个世上顶多不过五年吧，可岁月却在他脸上刻下了如此之多的伤痕。

阳光下，他的头发并不是纯黑色的，和睫毛的颜色一样，掺杂着几缕黄，像是嵌入了光线。我摘去他发间的一片枯叶，还有一截小木棍。我看到他头顶的头发明显塌陷下去，头皮上有几道口子，血已经凝固了。

其实生个这样的孩子也不错。如无数次过往一样，这个念头刚起，那半透明的小人儿便从垃圾桶里跳了出来，它们排着队，头在前面，小胳膊、小腿跟在后面，红色袜子在空中飘着，它们从我的大腿内侧走过，笔直向前，似乎想径直走进我的阴道里。不，我没有准备好，我用双手捂住小腹，那个叫子宫的器官一阵痉挛。

男孩翻了个身，嘟囔了几声，把受伤的胳膊紧紧地抱在怀里，那排紫红色牙印似乎是沉入了身体内部，竟淡得不见了踪迹。

该走了，我把毯子从男孩的胳膊下扯出来，在风中舒展开，重新盖在他蜷着的身子上。走了十几步，回头看，他小小的身子贴在绿色的草地上，变成了一个细微的起伏。

风把我的衣服鼓了起来，我拧大油门，山峰连成一片向后飞撤。男孩已成为我生命中的过客，或许永不会再见。我喜欢这样戛然而止的遇见。譬如这个想钻进兔子洞的男孩，他是谁，他说的是什么语言，他为什么出现在这里，我的确想过获取答案，可是我说服了自己，每一个答案都会牵扯一份情感，一个谜就简单多了。

高速的骑行大约持续了半小时，我从耳机里听到同伴呼叫我的声音——此前，我的通话器一直处于失联状态。我告诉他们，不用找我，我正按照GPS导航走，再过半小时就能回到比赛路线。

似乎是老天嘲讽我的自信，汇报完毕，绕山开了十分钟之后，我回到了原点，之所以如此确定，是因为我看到了站在山坡上拼命冲我挥舞毯子的男孩。

我不确定他是看见了我才挥动毯子，还是他一直立在这里等我回来。无论是哪一种情况，我都抗拒。我迟迟不肯靠近他，单腿支着地，想着要不要赶紧离开。思虑间，他翻着跟头蹦跳了过来，到了跟前突然停住，伸手隔空试了一下排气管的温度，然后才爬上车。我听见他在我身后欢呼，在后视镜里，我看见他昂着头，张开双臂，像长出了一双翅膀。

坐好了，我带你去兜风。

我摘下头盔给他戴上，又按着他的肩膀让他坐好。摩托车启动时，他身子晃了一下，马上搂紧我，下巴顶着我的背。我低头看他抟在我腰上的两只手，指头之间的距离很大，关节也绷得很紧，中指和食指陷入我的外套。

飞驰中，他一直在动，先是身子乱晃，后来便是手从腰间松开，伸到仪表盘上乱戳。我停车，从侧箱里掏出压缩饼干给他。他咬了一口，似乎并不满意，用树枝在地上画了一个圆圆的东西，画完之后，用闪亮的眼睛看我，我猜他是想吃西瓜了，可其实并不是，他画的是一个洞，他要教我玩一个游戏。

我很快学会了，我在古籍里看过这个游戏，书上的名字叫"捶丸"，一千年前的孩童便乐衷于此。前几年跟我妈去故宫，见过一幅《明宣宗行乐图》，其中就有"捶丸"画面。

男孩教我的游戏，显然是缩减版的，只要用树枝将石头击进洞中便算胜出。我做事习惯认真，连游戏也不例外，以至于瞄准洞口的神情有些严肃，男孩闲散地在我旁边翻跟头，待我发射时，他便来拦截，也不用树枝，只是凭空掷出。有几次，我的石头在入洞前被他击落。

我要走，他不肯，扑到草丛里抓了一大把蚱蜢，用衣服兜着，又找来一些枯枝，点起火，用树枝串起蚱蜢烤，他的动作很熟练，烤好后，递到我跟前。我犹豫了一下，闭着眼睛咬了一口，舌尖被蚱蜢腿蹬了一下。

通话器又没了信号，我拿出路书翻阅，他又开始翻跟头，一边翻一边瞧我，见没有吸引到我的注意力，便装成跌倒的样子，大声哀号。我看到身边草丛中有一只人面蜘蛛，便指给他看。他歪着脑袋瞅了一会儿，冲蜘蛛吐口水，蜘蛛跑，他便追着蜘蛛吐，他的口水把蜘蛛网压弯了。

天色渐晚，我必须得走了。他又想跟我上车，我拒绝，他也不再坚持，转身往一个兔子洞里钻了过去。我想他多半是跟我闹着玩，便不去理会。我跨上摩托车，再转身一看，男孩不见了踪影。

只有一把扳手落在洞口。

那一刻，整个山谷如同被按下了某个键，无声无息地往下沉，周遭的一切都在远离天空。不远处一只紫蝶扑棱着翅膀，却无法抵达草地。

我本能地逃离这片下坠之地，疯狂前行，也不知过了多久，急刹，掉头，摩托车差点侧翻。遥远的天际，只余一抹晚霞，昆仑雪山的轮廓已隐在雾中，我告诉自己，我得去取回我的扳手，还有我的毯子；至于男孩，如果他愿意坐车老实点，我可以送他回家。

我以为可以如初见时那般，把男孩从兔子洞里拉出来，像抖动一株新鲜的胡萝卜，让土从他身上簌簌落下，可洞口空荡荡的，只有风摇曳几株野花的声响。在另一株植物旁，人面蜘蛛又织出了一张网。

只是少了一个翻跟头的男孩，怎么旷野像是失去了生命？

我伏在草地上，耳朵贴在洞口，一大簇草在脖颈间支撑着，我听到有球在洞里滚动，发出啪嗒啪嗒的声响，还有无数只小手在抓挠墙壁的声响，那些泛起的泥土渣石飞扬起来，涌进我的鼻孔，我打了几个喷嚏。

天色暗了之后，昆仑山的雪顶透出光亮。我用手电在山间巡视，有兔子从洞里探出脑袋，红色的眼睛一闪而过，蜥蜴在一块石头下穿过，尾巴摩擦着一株骆驼草。我冲着洞口吼叫，可声音灌满洞穴后，又反了回来。

我开始挖兔子洞，用扳手敲碎泥土。当洞能容我一条腿踏入时，月亮正在迈过昆仑山上的雪线。我又挖了许久，洞口堆起一个小土堆，我似乎听到了男孩的声音，我分不清是哭还是笑，声音时断时续，气息越来越弱。

我想挖得更快些，可却不得不停止了。草地深处的石头把扳手弹开了，我围绕着洞口，探寻其他的挖掘点，月亮升至中天时，我放弃了：这洞口之下皆是无比坚硬的岩石。

我与洞口对话，模仿男孩之前的语调，发出一些古怪的声音，似乎有回应，可又仿若是风声，是海浪声。皮球滚动的声音消失了，爪子挠土的动静也停歇了。

我收拢树枝，燃起一堆火，草丛里的蚱蜢被惊醒，恍惚之中失了方向，竟向火光中奔去。我想起男孩给我烤蚱蜢时，火舌舔了他的手，他往后撤了几步，一串蚱蜢却牢牢地握在手里。他把蚱蜢递给我时，我看见他的手指头被熏得黑乎乎的。

我骑上摩托车，找到有信号的地方，呼唤我的领队。他们已经到达了集合点，正准备派出搜救人员来寻我。我说，来吧，带上工具，能挖开兔子洞的铲子之类的，对，还有绳索。

领队无比坚定地告诉我，不会有人掉进兔子洞，那洞没你想象的那么大。即便是刚出生的孩子也掉不进去。

不，这里不一样，我见过那些兔子，个头儿很大。

领队迟疑了一下，我以为是我说服了他，可后来他告诉我，他判断我是因疲惫出现了幻觉，所以他不想再跟我争辩。他让我等着，他会带上工具来救人。

我坐在火堆旁等待时，还是不停地有蚱蜢飞进火里，噼里啪啦响。我托着腮看了许久，才明白并非它们主动扑火，而是火烧到了它们的藏身之处。

它们是在逃生，不是在冒险。

我开始回填兔子洞，我无法解释自己的行为，似乎是决计要让希望破灭。把土推进洞穴显然很容易，不一会儿兔子洞就被填平了，我踩实后，双手支撑着，试图翻一个跟头，可我的脚始终无法离开草地，这让我看起来像半个倒扣在山上的括号。

我熄灭火，离开了草场，我没有拿回扳手和毯子，我在填平兔子洞的时候，不小心把扳手也投了进去。至于毯子，它和男孩在一起，不在洞里，就是在别处。

半路上，我遇到领队，我们一起默默地往回走。到了营地门口，支好摩托车后，他指着一个方向告诉我，他小时候住在那片草场边，最热衷的是玩钓兔子的游戏，就是用一根萝卜做诱饵，把兔子弄进网里，双手一拧，兔子的脖子就断了。

我们是在求生，不是在冒险。我指着营地的灯火说。

你还在担心那个孩子？你玩过捉迷藏吧？领队并不准备让我回答，径自说了下去，孩子总有一百种方式不让大人看见。他们躲进什么地方，也一定能够自己出来。特别是那些放羊的孩子，机灵得很。

我没有告诉领队，我堵上了兔子洞，孩子出不来，兔子也出不来。

原定十五天的赛程提前两日结束，领队说最后一个克里雅赛段因为洪水没法通行。散伙饭后，我放弃了去和田，用多出来的两日去青岛看我妈。十几年前，我妈在跳舞的广场的长椅上捡到一张别人垫座的报纸，上面登着青岛免费海葬的新闻，她把那则报道撕了下来，很小的豆腐块，叠了几下塞进钱包里。几年前，她搬来跟我住，有天晚上，她突然想起这事，就把纸片找出来，塞到我手上。当时，她摘了假牙，嘴巴透风，我忙着洗漱，没听清她说了什么。

直到去年，我才知道，那则报道没说清楚。所谓免费只是针对本地人，我妈是外地人，我交了五百块钱才把我妈的骨灰投进大海：一个铁架子，像是一台简易电梯，载着我妈的骨灰，沉到海底，并非我想象中的随风飘散。

我用报纸裹着从塔克拉玛干沙漠摘的一束野花——现在已经成了干花，在八大峡码头上了一艘渡轮。船鸣笛离岸时，我想起了我妈没戴假牙的样子，两颊瘪下去，下颌骨突出，像童话里吃孩子的老妖。现在，这个一辈子都在跳舞的老妖沉到了水里。她在离海最远的沙漠出生，走了一辈子，住进了海里。我趴在船头，波涛映不出我的容貌，可我知道，我有一双跟我妈一样的大眼睛。有船交错，笛声响起，我把野花扔到了一个浪头上，更多的浪头涌现，水吞噬水，花漂散开，很快消逝。过了许久，一只海鸥从海浪上升起，从我头顶低低掠过，我看见它锐利的爪子。

那艘渡轮的终点是竹岔岛，这原是一座火山，岛上遗留着熔岩流淌的痕迹。我随着几个扛着钓竿、拎着水桶的中年男人走了一阵，路过一所破败的学校、几排低矮的房屋，最后我坐在一块老石礅上，看一位老人翻晒咸鱼。他弯着腰把鱼按种类码放，一方一方摆放整齐，有小虫飞舞时，他便伸手去驱赶。歇息时，他抬头看了我一眼，又扭过脸去继续干活。

我错过了回城的船，只能住在岛上。有人过来张罗生意，让我与两个钓鱼的客人合伙包船回去，我拒绝了：在这儿待一晚挺好的，这是世界上离我妈最近的地方。

岛上太静了，像是被世界遗忘了，涛声敲击着这静，更显空旷。我在礁石、树丛与杂草间穿梭了一阵，又坐在一间看海小屋里发了一阵子呆，便回去睡觉了。路过水泥场，几个游人正在向老人买咸鱼，老人不紧不慢地从裤袋里掏出一张打印的收款码，那些鱼被装进了一个个塑料袋。有人问老人，能邮寄吗？老人突然提高了嗓音喊：没有，要搬了。

我想起下午在村口墙上看到的搬迁公告，算算日期，顶多再过两个月，这个岛上便不会再有炊烟、渔船、人声了。没有岛上的灯光映照到海里，我妈恐怕会更加孤寂。

我不应该把她投到海里的，或许当初她只是在开玩笑。

有多少事都是从玩笑开始的呀，比如这个十五天单独出游计划，那是我走进第二段婚姻前，我骑着摩托车跑去长城，彻夜不归，我妈给我打电话，我说我不想嫁了。我妈说，我给你出个主意，每年给自己十五天假，一个人出去玩，怎么样？我以为是一个玩笑，可没想到，我妈临死前会那么认真，一字一句地跟我交代这事。她忘了这最初只是一个玩笑吗？

半夜，有雨滴到枕边，我听到屋顶上有动物的脚步声，啪啦啪啦，白色的屋顶洇开一大片水迹。我起身掀开窗帘，外面树影婆娑，像男孩在树枝上翻跟头，又像是海鸥在叶片上抓挠。我在几个漏雨点放置了盆碗，一个底部印着红花的瓷盆占据了我的床。我想从行李箱里翻出一本书看，却在地面发现了一把小刀：银白的刀刃，闪闪发光，估计是上一位客人遗落的。我忆起前年春天，我骑摩托车带我妈去露营，她在帐篷外做羊肉手抓饭，用小刀把圆圆的土豆切成条，再端起案板让它们排着队滑进汤锅，每根土豆条上都泛起一串细密的泡沫。

男孩翻着跟头来到窗前，我把脸贴到玻璃上，看见他手里握着那条红格子毛毯，脑门上垂着一绺头发，头发因雨水失去弯度，直直地挂在耳前。他翻滚时，圆圆的脚后跟和绿色凉鞋一起在空中旋转。

我说,其实,我是想和你一起钻进兔子洞的,可是我太大了,进不去,除非变成小人儿……

男孩睁大了眼,挥舞着毯子,鼓励我说下去。

你见过半透明的小人儿吗?他们排着队,小脑袋走在最前面,小胳膊小腿走在后面,中间是小身子,他们一边走一边流血,不,不是血,是红袜子,他们什么地方都能钻进去。

男孩翻了个跟头,他倒立着,伸出又黑又瘦的手指,指指我手上的刀。

我点点头,切割并没有想象中那么疼,好像我本来就是组装起来的,每个离开我身体的部位都有了自己的意志,它们排着队向兔子洞进发,走在队尾的是我的头颅,它东张西望,差一点就偏离了方向,走在它前面的胳膊把它扯了回来,塞到了队伍的中段。这支队伍一直走一直走,到洞口就消失了。

风从窗外涌进来,箱子上的那册书翻开,是一本古籍的拓印件,据那些古老模糊的文字记载,数亿年前,塔克拉玛干沙漠曾是汪洋大海,而我妈少女时代拥有的第一串项链,便是她在沙漠里捡拾的贝壳。

桑 间

> 卫地有桑间濮上之阻，男女亦亟聚会，声色生焉。
>
> ——《汉书·地理志下》

行李箱打开三次，又合上三次，罗心辛握着一团黑色物件，放进去，又拿出来。最后，她把这团黑色扔在床上，轻柔的蕾丝层层叠叠铺开，是套薄如蝉翼的女式内衣，在极省的面料之上，点缀三只展翅欲飞的蝴蝶，翅膀上一圈金线串起星星点点的黑珠亮片。

罗心辛俯下身，将一只栖在左胸的蝴蝶翅膀扶正。这套内衣压在柜子里有十年了，还是她结婚时，闺密小娜从美国寄来的，藏在一个粉色纸袋里。小娜在电话里嘻嘻笑着说，让这三只蝴蝶闪瞎朱子辰的眼。可她和朱子辰太熟了，光屁股时就在一块儿摸爬滚打，长大又在一个学校读书，还是前后桌。她若是在他面前穿这么一套，估计闪不瞎他的眼，倒是会笑掉他的牙。

罗心辛临出门时，接到科室刘主任的电话，临时有台手术，问她能不能顶上。罗心辛在刘主任手下干了六年，她的口头禅是，好的，没问题，我马上到。可是这次，她拒绝了。刘主任愣了一下，显然没料到，咳了几声，说，你那份辞职报告，院里没批……

罗心辛不希望主任把她的拒绝跟辞职联系起来，忙说，今天我是真有事，去顺义开改稿会，提前半个月就调好班了。

什么会？刘主任没听清，或是听清了，却感觉这个词太过于陌生。

改稿会。罗心辛又说了一遍，她业余写小说这件事并不是秘密。

对对对，你还送过我一本小说集，叫什么……刘主任突然客气起来，像是对另一个罗心辛说话，唉，真的是，一直忙，也没顾上看。

挂断电话时，罗心辛很大声地说再见，她发现刘主任并不总是凶巴巴的。她感谢那个给她勇气的人，她在心里把这个人又想了一遍。

穿衣镜设在玄关旁边的灰色墙上，罗心辛从旁边经过时，习惯捕捉自己的某个瞬间，今天的她，无疑是夺目的，粉白的脸和鲜红的唇，经由镜子折射落入她的眼里，她低头笑了一下。这个周末，她不用守着手术台麻醉机监护仪，也不用看手术刀止血钳缝合针，更不会有人叫她罗大夫。

她选的是一件长款的黑色羽绒服，浑身上下只有一根腰带点缀，她系了三遍才将腰带绑成一个角度完美的蝴蝶结。接着，她把箱子拉到门边，这时，她回头看了一眼儿子安安，小家伙正抱着朱子辰的一只大拖鞋一颠一颠地跑来跑去，鞋鞋鞋——安安碰到妈妈的目光，便把鞋子高高举起，T恤上的小熊图案也跟着上升，露出圆滚滚的小肚子。罗心辛转身想抱抱他，一抽鼻子感觉不对，扭脸问朱子辰，什么味？安安拉了吧？

朱子辰磨蹭了一会儿，才扔下手机走过来，他一只脚光着，走路有点一高一低，更显得懒散。他一把扯开安安的尿不湿，探头看了一眼，旋即捂住鼻子，眉毛蹙成一团，求助似的看着罗心辛，哇，好大一坨，怎么办？

罗心辛正把一片面包塞进嘴里，若是平时，她还会配个煎鸡蛋，但今天，她梳洗打扮完毕了，不愿再熏上一股子油烟气。再说，她希望能早点出门，周六虽说不太堵车，但她有一堆事要去办，不想紧巴巴地掐点。

对朱子辰的求助，罗心辛是不屑的。他怎么就不能独自处理一泡屎？十多年的岁月，雕刻出两人在婚姻里的模样，她照顾他，他享受并以为一切理所当然。这一年来，罗心辛一直试着摆脱这种关系模式。可是这次情况特殊，她要出门，保姆又正好请假，朱子辰要当两天奶爸，她不想在这个节骨眼上，让朱子辰察觉自己的冷漠。

罗心辛撂下箱子，脱下外套，挽起袖子，嘴里的面包片却一直叼着，她麻利地扒下安安的裤子，抱到水龙头下清洗，安安对她嘴里的面包片极为好奇，扭着身子，两只手直往她脸上扒拉。抗争中，孩子总算洗干净了，朱子辰接过孩子后，她展开尿片想看看安安的便便，可这泡屎显然不打算接受她的检阅，它用枯萎的形态来责怪观众，你来晚了。

怪不得安安屁股上全是红疹子，你看看这屎都成什么样了。罗心辛一说话，半片面包就掉了下来。

都成干叶子了，少说也捂了五六个小时。罗心辛拨开面包片，双手捧着尿不湿，递到朱子辰跟前，你昨晚上带孩子睡，就没闻到味？

朱子辰用手挡着，不让她靠近，说，别闹了，你知道我恶心这玩意儿。

罗心辛知道今日不宜恋战，她告诉自己赶紧出门，出了门，心胸开阔了，这些事都不是事了，可是她做不到，她不依不饶地把尿不湿伸到朱子辰的眼皮底下：看看，这里头有什么？

朱子辰歪着脑袋躲开，可罗心辛偏要追着他看，那一层被压成薄片儿的干屎，经不起这么来回折腾，正奋力要爬起来。

有完没完？朱子辰一挥手，打翻了尿片。

罗心辛蹲下来，用食指和拇指夹出一个指甲盖大的物件，看不清颜色，依稀能辨出是圆形的。这东西，是你衣服上的吧？她问，语气倒是平静。

朱子辰想起来了，前天他衬衣上的纽扣的确是少了一颗，他没当回事，谁能想到进了安安的肚子呢？

朱子辰避开罗心辛的目光，拍拍安安说，这不算什么，你爸小时候，有一回爬到鸡圈里，糊一嘴鸡屎。说着，他看了一眼罗心辛，记得吧，就是咱们院高老头儿养的那几只芦花鸡……

罗心辛不想听了，她是医生，知道一粒光滑的纽扣不会对孩子造成伤害，她在意的是朱子辰的态度。她咬了咬嘴唇，冲进卧室，把衣柜的门推得砰砰作响，从角落里掏出三只蝴蝶，塞进手提包，拖着箱子头也不回出了门。

罗心辛在下午一点钟到达顺义酒店，她没有入住杂志社给安排的双人间，而是自费单开了一间。

放下行李，她点开百度地图查询从酒店到机场的路线。她对改稿会并无兴趣，她来这里，只是因为需要一个幌子——她要赴一个约会，在首都机场，午夜十二点，与一个男人。准确地说，男人星耀在首都机场转机去悉尼，刨去等机候机，有四小时的时间可与她共度。

星耀此刻正在云南的家中收拾行装，他给罗心辛发来一张图片，告诉她，这是一株地涌金莲，他预备送她的，可实在不便携带，恐怕只能从图片上看看了。她保存了那张图片，告诉星耀，她闻到了花香，花瓣上的露珠还打湿了她的唇，因为她吻了那朵花。说着，她当真把屏幕放在鼻子前闻了闻，冰凉滑腻，呼应着大山浑厚的气息。她没去过云南，这让她的想象更加无边无界，她也没见过星耀，他们在微信上聊了一年多，彼此都敞开了后花园的小径，他们不为人知的调皮、轻松、浪漫都藏在这里。一个三十六岁，一个四十四岁，都不是年轻人，于是都刻意地跳过了外貌，把精力放在洞悉彼此的心灵上。

下午改稿会两点钟开始，罗心辛提前十分钟到了会议室。

一个鬈发女孩绕过圆桌跑过来，搂着罗心辛的胳膊左右摇晃，姐姐，真是你呀，我还以为是同名，没想到真是你。

女孩说话时嘴巴张得很大，鼻子旁边的雀斑闪闪发光，她并不介意罗心辛的漠然，兀自沉浸在热情里，罗心辛猜她多半是诗人。

女孩问：咱俩一间屋，你怎么没办入住？

罗心辛借着拿水杯喝水的动作，把胳膊从女孩怀里抽出来。

不需要罗心辛回答，女孩子自己找出了答案：哦，你是怕我晚上打扰你写作吧，哈哈，难道朱哥哥告诉过你，我晚上睡觉打呼噜？

罗心辛杯子里的水洒了出来，她问：哪个朱哥哥？

咳，我就猜你没认出我来，咱们小时候一个院的，我爸，养一群鸡。女孩一边说一边扇动两只胳膊，嘴里还学着老母鸡的叫声，咯咯嗒——

小胖丫？罗心辛想起来了，高老头儿五十多岁才得的老闺女，圆脸上一对眯缝眼，总跟睡不醒似的，天天跟屁虫似的黏着她们一群大孩子，赶都赶不走。

小胖丫笑得前仰后合，她说，朱哥哥老想揪那只芦花鸡的尾巴做毽子，结果毛没揪到，芦花鸡倒被逼得学会了飞檐走壁，还会发射子弹，连汤带水的……

直到会议的自我介绍环节，罗心辛才知道小胖丫叫高多多，在朝阳一所幼儿园当老师，新出的诗集名字是《桑间濮上》。

罗心辛为了这书名，特意百度了一下，桑间濮上，跟"搞"的意思如出一辙。一个以地点喻之，一个以动作喻之。就隐晦程度而言，古人显然略高一筹。她有些纳闷高多多怎么会去写偷情的题材，不过也没往深处想。

桑间濮上，罗心辛念了几遍，还挺顺嘴，她随手把这几个字发给星耀，发完之后又后悔，想撤回也来不及，算算时间，星耀正在赶往机场的途中，她在他们即将见面的前夕，发送这样一个词，显然是有挑逗的意味。果然，星耀很快回了：桑间之约，抱柱之信，今夜三更，向谁行宿？

若是斗诗，罗心辛当下就能回他：马滑霜浓，不如休去。可是这样一来，岂不是赤裸裸地表示她愿意跟他睡觉。不，她没有做好这个准备，从暧昧到实锤，她一直在犹豫，她能接受精神调情，至于身体，那是另一个层面。她纠结于这个界限，那是世俗意义上对出轨的判定。有时候，她想，如果这辈子一定要找一个情人，星耀无疑是最适合的，彼此之间除了情感之外都很陌生，而且他马上要去悉尼，半年后才回来，这样的男人在时间上、空间上都没有纠缠她的可能性。

晚饭后，罗心辛一直待在房间里，有几拨人来邀她去喝茶，都被她推了。她敷一片黑泥面膜，躺在床上想补个觉。她准备十一点出发，现在才七点半，她要储备充足的体力。想到体力，她的脸有些发烫。以至于手机在耳边响起时，她差点吓得跳了起来，如同被人捉奸般难堪与羞耻。

是朱子辰的视频通话，安安被她的黑脸吓哭了，滚圆的泪珠儿滑落。她忙一把扯下面膜，柔声喊安安的名字。只是离开了一天，她感觉安安瘦了黄了，下巴都尖了，她不忍心看餐桌上摊开的一溜外卖盒子，还有安安身上洒满汤汁的小熊T恤——她断定朱子辰给安安吃了外卖。

你看看，没有你，这个家成什么样子了。朱子辰的头发乱蓬蓬的，他拿着手机在屋里转了一圈，于是，罗心辛便看到了垃圾桶里溢出来的纸巾果皮尿片，地板上散落着奶瓶积木汽车，洗脸台上胡乱堆叠的毛巾牙刷杯子，还有一摊血迹……

停停停，谁流血了？

安安从餐椅上栽下来了……

罗心辛让他别说了，她只想看看安安的伤怎么样。刚才她只顾着扯面膜，都没注意到小家伙脸上有伤，现在镜头拉近，她才看清，小家伙的脑门上、眉骨上、眼窝旁一片青紫，鼻尖擦破了，红通通的……这一跤摔得可不轻，安安对镜头伸出两只手，抱抱，妈妈抱抱……

罗心辛用手捂着嘴，忍住哭，也忍住骂，她不能责怪朱子辰不给安安系安全带。既然不能回去，便不能隔着电话教训人。

朱子辰挠着头皮说，老婆，你猛一放权，我有点扛不住了。我感觉，你今天有点怪，是不是有什么事？

能有什么事，改稿呗。罗心辛担心说多了露出马脚，飞快地挂断了，在这方面，她远不如朱子辰坦荡。两年前她怀孕时，有一天朱子辰对她说，老婆，怎么办，我出轨了。不等她接话，便一五一十地招了，说前阵子老妈做支架手术，他去医院陪了几天，结果碰到一个来探病的发小，两人加了微信，一来二去地聊天，那女的还请他看了一场电影。

只是看电影？罗心辛不相信，已婚男人出轨能这么老实？朱子辰扭捏了一下说，我们去了趟北戴河，不过，我发誓，一人一间屋，什么也没干。我怕她赖上我，要我离婚怎么办？我不想离开你，再说，我妈知道了不得揍死我。后来罗心辛想，朱子辰这话有毛病，如果他不担心人家赖上他，是不是就为所欲为了？

罗心辛重新躺下来，面膜还是湿漉漉的，可她却没心思往脸上贴了，她琢磨着出轨这两个字，越嚼越深，出轨是需要轨道的，翻车式的出轨太低级、太危险，不是她这个身份这个年纪的人应该做的。对于一个处于情感枯竭期的女人而言，在条件成熟时，设计一次可控制速度与路线的出轨，也未免不可。

她翻来覆去睡不着，便起身拉开茶几上一个蓝色旅行袋：一小袋糖炒栗子，是专门跑到牛街老店买的。她一个个剥好了，去掉破损的，全是完整的仁儿，黄澄澄的，怕干，用保鲜袋裹了两层。她还带了包方便面，用保鲜袋装一小把油菜、一根香肠、两个鸡蛋，如果时间富余，她会在清晨时分用养生壶给他煮碗方便面。

拉上旅行袋的拉链时，罗心辛想起小娜恨铁不成钢的叫嚣：俗，俗透了！板栗、方便面、油菜……你以为情人见面是为了过日子？我告诉你，就带一样东西——酒！

在这件事上，任凭小娜喊破了嗓子，罗心辛偏不听她的，小娜的情人喜欢酒，她的情人能一样吗？她挑选的每一样东西都是有寓意的，板栗是两人都爱吃的，他们专门讨论过云南板栗和怀柔油栗的区别。至于方便面，那是医生的标配，有多少次，他给她发微信时，她都在值班室里吃方便面，她告诉他，同样的方便面，她煮出来的味道不一样。

星耀发来微信，说登机了，他说：一个老男人正脚踏祥云向她飞来，如果飞机能开窗，他要为她摘取一颗星星。她回：我把星空穿在身上，等候在你降落的地方。不见不散。他回：见若是散，不如怀念。她捧着手机，愣了半刻，鼻子有些酸，之前只想到见面，却不曾想相聚之后，便是离别。

罗心辛把箱子拎到窗前，灯光映出银色箱盖上几个凌乱的指纹，她把手覆盖在指纹上，如同把安安的小手捏在手心。过了片刻，她打开箱子，拎出件黑色长裙，她高举着衣衫，拉扯着宽大裙摆的一角，轻轻抖动，无数颗璀璨的钻石苏醒了，放射出灼灼辉光，屋内一片流光溢彩。星耀说，他从英国回来时，扔了包装盒，这件裙子依然占了他半个箱子，可是想到他给罗心辛带回了世界上最美的星空，便觉得值。她许诺他，这片星空只为你绽放。

罗心辛忍不住要把星空穿在身上。她费了不少力气才脱掉身上的白色高领毛衣，她有七八件这种高领毛衣，这件领口最高，支棱着能把下巴给盖住。穿的时候可以用手撑开领口，脱的时候只能由下往上拽，整个脑袋裹在领子里，有几秒的窒息感。

罗心辛穿着长裙在镜子前转了几个圈，房间太小，裙摆只能荡起几个不大的涟漪。这样的衣裙，若是在大海边、沙滩上、草地上，牵着爱人的手，旋转……泪水在她眼里闪烁，她睁大眼睛，没让它流下来。

裙子寄来时，是低调的，没有装盒，裹在顺丰灰色的塑料袋里。星耀告诉她，这份礼物是一次冒险，但他自信能赢。是呀，他太冒失了，没有问过她的体重身高，便给她买了一件贴身长裙。她拆开包装，一眼看到领子，就知道他赢了，他是懂她的，只有这样的高领口才能掩盖脖子上那道伤疤。

刘主任总对罗心辛说，这是意外，意外，哪个疯子会去砍一个麻醉师呢？病人眼里，压根儿看不见麻醉师。

是一个手术失败的患者家属砍伤她的。那天晚上，她正埋头写病历，有个男人在后面叫了一声大夫，她还没来得及回头，那人就抓起她的头发，幸好刀并不锋利，她又系着一条厚围巾，才保住一条命。有几个实习生事后回忆，听见她对凶手说，等一下，还没打麻药。可她自己并不记得这么说过。

后来罗心辛才知道，这几刀是替一位外科大夫挨的，那晚，她坐了她的位置。这件事情发生半年后，罗心辛提出了辞职，也不全是因为受伤，更多的是，她不要这种看不见。

罗心辛给星耀说过这事，星耀只是沉默，隔两天，给她发张照片，后脖颈子上的刺青，他说，我这个年纪，皮肤都松了，只能刻个简单点的。那个文身是一个繁体的爱字：心被呵护在当中。

电话又响了，是朱子辰请求视频通话，罗心辛担心安安又出什么状况，顾不上身上还穿着整个星空，飞快地接通了。

咦，老婆……朱子辰并不迟钝，他一眼就看到了罗心辛的光鲜。

有个联欢，我试试服装。罗心辛并不是说谎，明晚的确有个小联欢，有几个人报了节目，她并不在此列。

朱子辰点点头，用食指蹭着鼻子上的一块黑灰，大拇指上一块创可贴没粘牢，脱落下来半拉，创可贴上画了一个笑脸，正冲她点头哈腰。

厨房着火了。朱子辰说，手上的小人垂头丧气地低了下去。

罗心辛让朱子辰把镜头对准厨房，她要看看灾难现场。朱子辰有些不情愿地起身，嘀咕一句，唉，你都不关心老公的伤，只担心厨房。

厨房一片漆黑。开灯。罗心辛命令。灯亮了，还是一片黑，不过这黑是有层次的，灶台附近是深黑，以此为中心，黑色依次递减，最后是吊顶，乳白色的水仙花图案消失了，只有一道道火燎过的灰印子。在这些废墟不远处的操作台上，一包方便面被火熏成一团疙瘩，塑料袋融化在面饼上，勾勒出波浪的纹路。

罗心辛没问朱子辰着火的原因，她在心里认定是煮方便面引起的。

门铃响了,罗心辛问他,你点的夜宵?朱子辰摇头,还没来得及回答,就有一个声音从门外传了进来。

朱哥哥,朱哥哥,是我,你没事吧。

这个声音,罗心辛下午听过,只是稍微分辨一下,便确认无误了。

朱子辰一副无可奈何的样子,真不该发朋友圈,炸出了一波关心我的人,竟然还有杀上门的。

罗心辛笑笑,很轻松地对朱子辰说,你去忙吧。然后挂了电话。

如果说此前,罗心辛内心还有一丝犹豫的话,那么现在便剩下轻松与早该这么办的决心了。她这么想着时,就从包里取出那一团黑色,摊开在床上,蝴蝶的翅膀扑棱了十年,没有观众,也厌了,耷拉着,任凭罗心辛怎么扶正,依然不肯立起。罗心辛有些气恼,用力揪着那一团蕾丝,非让它振作起来不行。

十分钟后,她放弃了。她不能穿三只蝴蝶去见星耀,她不要蝴蝶闪瞎星耀的眼,她要他留着理智与清醒,看到她真正的好。

罗心辛洗漱化妆的时候,胸中充盈着一种不可名状的幸福与踏实——这中间,有几个瞬间,她会想起朱子辰和多多,这让她的幸福里多了几丝报复的快感与畅意。

十点四十分,她穿上丝袜,一双脚在两双鞋子间游离：金光闪闪的高跟鞋是特意为这条长裙购置的；毛茸茸的雪地靴是大前年去澳洲旅行时买的，她怕冷，冬天离不开这双鞋。最后，她的脚塞进了高跟鞋。

十一点，她套上羽绒服，拉上房门，走进电梯。她希望碰到熟人，又害怕碰到熟人，她一会儿低头盯着鞋尖，一会儿抬头四下张望。星光长裙在羽绒服里很不服帖，叽叽喳喳地跳跃着，恨不得撑开一切束缚。

星耀出来了。

罗心辛一眼就认出了他。可他却径直从她身边走过了，罗心辛知道他在寻找什么，她本想把羽绒服敞开，这样，他保准能一眼看到她，可是她不想这么干了。想象中的机场，是她一个人的舞台，可现实呢，人山人海，她失去了勇气。

星耀没有在人群中找到星光，神情有些落寞。罗心辛冲他招手，星耀走到她跟前，看着她，有些迟疑。两人都在等着对方主动，到底是握手还是拥抱，他们在一种微妙的气氛之下僵持着。

罗心辛在心里演练过千百遍两人见面的情景，却从来没想到会是这样陌生拘谨，她不敢攀住他的眼神，怕多看一眼，心里的委屈就会化为眼泪夺眶而出，两个在精神上亲密无间的人，竟被身体阻隔得如此生疏。

不知道是谁提议，或者就是随便走走，两人进了旁边一间咖啡吧，星耀只穿一件长风衣，还敞着没系扣子，搅拌咖啡的手有些发颤，罗心辛伸手在包里摸了几次，包里有一条黑白格子围巾，是小娜上个月送她的，她想掏出这条围巾系在星耀光秃秃的脖子上，可她又有些不甘心，她的矜持克制都跑出来了，她等待着星耀的更进一步。

喝完一杯咖啡，星耀说要去趟厕所，罗心辛赶紧起身，我带你去。开始是罗心辛在前，星耀在后，罗心辛想停下来跟他并肩走，没想到她一停下来，星耀没刹住车，脚尖踩到了罗心辛的鞋后跟，罗心辛身子一歪，星耀从后面一把扶住她，只是礼节性的搀扶，胳膊是架空的，接触的点非常有限，但罗心辛内心却被这股力量架住了，她屏住呼吸，感受四只手臂接触的那种灼热。

星耀很快放开了罗心辛，我把你的鞋踩脏了。他说着弯下腰帮她擦拭。罗心辛的眼眶红了，机场的大钟，短针指向一点，他们的时间过去四分之一了，可是他们还是这样客套，他甚至没有机会看一眼她身上绽放的星光。

他们接着往前走，脚步越来越慢，她的手在摆动时触到他的手，怎么这么凉？她顾不得想许多了，从包里掏出围巾，递给他。星耀也不推辞，把围巾在脖子上绕了两圈，转头问她，是你的？

嗯，我围过一次。

星耀摩挲着围巾，又低头闻闻，有你的味道。他说，北京真冷，幸好有你——的围巾。

厕所到了，两人都不肯进去，你看看我，我看看你，心照不宣地立在一处墙角，也不说话，只是笑，眼神绞在一起，越缠越紧。

罗心辛的眼泪淌出来了，她不肯去擦，生怕一眨眼的工夫，就会从星耀的眼里坠落——此刻，在别处，他们正相互搀扶着立于一片峭壁之上。

星耀的眼也湿了，他闭上眼，叹口气，从风衣口袋里掏出一个灰扑扑的小物件，别在罗心辛头上。

星耀的声音很低，如同托着一个梦，他说，我出门时，有根树枝挂住我的风衣，我想这根树枝也想来见见你，就折下来放进口袋，在飞机上，我打磨了两个小时，你看，它现在多像一颗心。

对着厕所的镜子，罗心辛侧脸细细看这枚心，她头上本就夹着一枚黑水晶卡子，现在这截树枝，就倚着黑水晶，两下对比，树枝笨拙原始，可她就是爱它，它是她的皇冠和蜜糖。

罗心辛从厕所出来，星耀立在门口等她，两人又一步步地挪回去，恨不得走一步再倒退三步，两人的手臂在半空中轻轻交集，又迅速分开，几次蜻蜓点水般的接触之后，星耀顺势捉住罗心辛的手，罗心辛轻轻挣扎了几下，不动了，停栖在他干燥冰冷的手掌里。

罗心辛的裙摆在羽绒服里窸窣作响。她停下来，告诉星耀，她要脱下羽绒服，她非脱不可，哪怕走两步再穿上呢，她穿上高跟鞋，可不是为了搭配羽绒服。星耀不再阻拦她，却依然不肯放开她的手，他愿意借一只手给她脱衣服。

拉链拉到一半时，星耀捉住了罗心辛的另一只手，他说，你骗我。不等罗心辛回答，他又说，你说好只给我一个人看的，可是这里这么多人。

罗心辛把星耀的手放在自己的脸上，她接收到了星耀释放的信号。还有三个小时，她想，他们还可以在一起待三小时，继而，她又后悔，刚刚白白浪费了一个小时，试探与猜测是多余的，她太拘谨了。

去机场宾馆的路上，星耀一直说，你慢点，慢点。

罗心辛把右手从方向盘上移到星耀的手背上，轻轻拍了几下，说，我已经很慢了，心里恨不得飞过去。

车到宾馆门口。星耀从后备厢里取出行李，站在旋转门口等罗心辛停车——邻近宾馆的车位都满了，罗心辛开到最东边，才在一棵树底下找到空位。

星耀看见罗心辛拎着一个蓝色旅行袋，他没想到她也有行李，赶紧迎过去，她摆着手说别过来别过来，这地上有冰，话说到一半，她就滑倒了，旅行袋里的东西撒了一地——罗心辛刚拉开拉链，把手机调了静音扔了进去，想着省事就没再拉上。

星耀想扶罗心辛起来，胳膊刚伸出去，就被罗心辛拉住了，她把他的手送到冰面上，你摸摸，滑溜溜的……今年第一场雪，这么快就结了冰。

星耀蹲下来，他关节不好，冰面的寒气侵入他的掌心，他想退缩，可又贪恋罗心辛指尖的温暖，他们十指相扣，在冰面上滑动。

只听一阵裙摆翻过，罗心辛换了个姿势，平卧在冰面上，她说：真舒服，你要躺下来吗？她一身黑，除了高跟鞋，它闪闪发光，刚刚就是它害她摔倒，她甩甩脚，蹬掉了鞋。

星耀让罗心辛枕在他的腿上，他帮她整理头发，手顺着脸颊抚摸到脖子处停止了。他说：我一直想着，你的伤疤还疼吗？

罗心辛盯着头顶的树，借着路灯，辨出这是一棵桑树，她不敢眨眼，以至于眼里涌出泪花。她想，这太不真实了，这么巧？一定是一场梦。

罗心辛拉开羽绒服的拉链，现在她不是黑色的，她是一条银河，流淌在星耀的身前。星耀俯下身，抱紧她，两片冰凉的唇轻轻触了一下，就赶紧分开了。

有车开过来，灯光射在他们身上，一个急刹车，男人按下车窗，探出脑袋骂道：找死呀！

等车走远，两人相携着站起来，罗心辛噘着嘴，推了星耀一把，都怪你。星耀吐吐舌头，拍拍罗心辛的脑袋，对对对，怪我，非要赖在地上打滚。说完，两人相视一笑，那个短暂的吻，如同施在彼此身上的魔法，他们都觉得生活变得鲜活了。

两个人开始捡拾地上的物品，星耀的手有点冻僵了，那包板栗在他手里再次滚落，这次袋口松了，撒了一地。他捡起一粒放进嘴里，细细嚼着。

过了一会儿，他从后面抱住罗心辛，下巴紧紧抵着她的头顶，他说，不一样，不一样。

什么不一样？她盼着他的回答。

他没有让她失望，他说，板栗是一样的，可你和所有女人都不一样。

有液体滴落在他的手上，他扳过罗心辛的身子，看见她脸上全是泪水，他没有带纸巾，就用自己的脸去蹭，可越蹭越多……

我不跟你进去了，我要回去。罗心辛的声音很小，星耀要把耳朵贴近她的嘴巴才能听清。

不，我不让你走。星耀想抱紧她，却发现她的手横在中间，捏着一袋方便面，是她刚从地上捡起来的，还没来得及放回旅行袋。

罗心辛想，她不应该带方便面的，她买的是五联包的康师傅红烧牛肉面，厨房那袋烧成波浪形的方便面，是她带剩下的。朱子辰一直想吃她煮的方便面，念叨了好几次，她借口没营养，一直不肯给他煮。

罗心辛想推开星耀，可是却把他抱得更紧了，她喃喃道：我家着火了，我得回去看看，孩子还小……

罗心辛不知道她为什么要提着火，那把火是几个小时前烧的。她想说的或许是另外一把火，她并不是无所谓的，她不能接受多多去见朱子辰，那是她的家，她从来也没打算放弃的家。

还教授呢，就是个呆子。事后，罗心辛跟小娜聊起这次约会，小娜说，你们装得跟少男少女似的。

不是，他肯定以为是很大的火。罗心辛说，他不清楚状况，我又哭得这么伤心。

你一定后悔吧，没有跟他进去。小娜耸耸肩，现在你们还联系吗？

罗心辛没有跟小娜说，她已经把星耀的微信删了。她不会再见他了。

他是挺傻的，她想，那晚，他一听她说着火，就把她推上车，催她快回家。可她真正准备走了，他又后悔了，想拉开车门，可他的手冻僵了，第一次没握住，他再想拉时，她锁了车门。

我真的走了。她说。

嗯，走吧。他挥挥手。

她径直往前开，不敢回头，她知道他一直站在后面，当她左拐离开停车场时，听到他低低叫了一声。高速路上，她一遍遍回忆，最后确认，那一声是他在叫她不要走。

该死的，小娜说，你心里有一个罗盘，无论走多远，最后都得回家。

不是罗盘。罗心辛知道，自己没那么理性，更多的是一种恐惧，她害怕失去熟悉的生活，朱子辰、安安，医院的工作，还有房子……

你后来就直接回了家？小娜问，多多呢，你没把这丫头撕了。

罗心辛说她着急回家，就是不想饶过这丫头。可她回去晚了，多多走了。她检查了鞋柜，知道多多进屋穿的是她的拖鞋——估计是着急走，两只鞋也没放平，摞在一起。

她光着脚进了门，一股烟味扑鼻而来，在这种气味里，她分辨出朱子辰的汗味，安安的奶味，还有一股香水味，那是多多留下的。经过卧室门口时，听到了朱子辰的呼噜声，还有安安的鼻息声。

她拎着裙摆，踮着脚尖走，绕过安安的三轮车，进了卫生间。她着急把裙子扯下来，几颗水钻滚落，她也顾不上捡，飞快地把裙子堆叠成一团，塞到脏衣篓的最下面，所有星光都消逝了。

她抬起头，看见浴霸的玻璃屏上映出一个赤身裸体的女人，女人头发上挂着一截心形树枝，她想把它摘下来，却发现它的缝隙已嵌入发丝，她稍一用力，树枝便断成两截，掉下来时，上面还缠着几缕头发。她试图恢复心的形状，却是徒劳，现在只是一堆碎屑了。

门外传来敲门声，是你吗，老婆，你回来了？

她把树枝扔进马桶，冲走了。

挂在树上的船

后来，小燃反复跟我说，他一直在冲我招手，不许进，不许进，路上还拉着警戒线，挡着防撞桶，你就那么一下子闯了进来。

我说，你招手那么起劲，我以为是路边饭店招揽生意的伙计。

那天，在那条空无一人的砾石路上，小燃追了我约有五里地，四野的寂寥与迫到路中央的浓绿让我收回了踩油门的脚。小燃从车后跑过来，经过车窗时，用手扶了一下草帽，扭脸冲我笑了一下。等他来到路中间时，又换了一副神情，小圆脸绷得紧紧的，双手一伸："停，前面没路了。"

这是一个十五六岁的男孩，只一眼，我便知道自己不喜欢他。他挡在车前，风灌进他的红色背心和蓝色短裤，黄色草帽遮住了他的额头，我看不清他的眼，只注意到他左眼下方有道浅色的疤，闪着光泽，像根鱼刺，这与他稚嫩的面容并不相配。

我下车抽烟,半倚着车门,用手挡着风点火,火苗一蹿一蹿,老对不准。一只手强伸过来,扯下我嘴里叼的烟,掉了个头,又塞了回来。我这才发现,之前点的是烟嘴,可我不在乎,用胳膊把男孩的手挡了,回头重新倒叼着烟,过滤嘴终于是点着了,耀眼的火花在指间跳跃,我盯着那光,直到它消失。突然没了吸烟的兴趣,手指一松,烟掉在地上,男孩飞快地伸脚碾灭,他穿双绿色的凉鞋,露着一排大脚趾。

车前并非没有路,只是被伏地松侵占了。这些从两边山石里伸出的枝蔓在路上肆意地爬着,被车轮强行碾轧过的部位,苍绿转为枯黄。

男孩开始围着我的车转,蹲下来查看它的底部,"这大切,底盘装甲,内裤都是钢的。"他一只手扶着银色的金属格栅边框,另一只手探到车底去很用力地敲。

这个场景非常熟悉。我头回见这辆切诺基时,也是把头探到车底去。背面、底部、侧边,我总对正常视线所不能及的地方有强烈的好奇,前些年跑去云南博物馆看战国牛虎铜案时,别人惊叹牛与虎的平衡,我却蹲下来,歪着脖颈,从底部看到了塞到牛头里的那团卫生纸。

"敢不敢上山去撒野?"男孩似乎在跟车说话。我看到有片光斑在他的红背心上跳跃,我捂住右手大拇指上的戒指,光斑消失了。

我试图从路边的指示牌上找个地名定位一下此地，却发现蓝色路牌上打了大大的黑叉。不远处，一只雉鸡拖着长长尾羽信步穿过马路，隐入几株马尾松后。在它上方，灰喜鹊叼着毛毛虫展翅掠过。

"小孩，山上有什么？"

男孩很不满我对他的称呼，抬头瞪了我一眼，我发现他脸上的疤痕是张贴纸，边角翘起了。

"你看不见吗？树，都是树。"男孩用右手食指按压脸上的贴纸，这只手的掌心缠着黑色的绷带。

省界内的山多是武夷一脉，树没什么稀罕的。男孩看出我的轻视，大声说："有棵老杉树，几百年了，树杈上还有……有只船。"他指给我看，我顺着他指的方向看，山叠着山，树压着树，视线的尽头，尽是些模糊的绿色山影。

"是以前发大水时冲上去的，当时树还没这么老，它是扛着那只船长高的。告诉你，那可是一棵真正的神树。"男孩在我身边不停走动，换不同方位指给我看，"还没看见吗？闭上一只眼，一只眼比两只眼看得远，对，顺着我的手指方向看。"有几秒，他的手指贴着我右边的太阳穴，他可能感觉我的墨镜碍事，想帮我拿掉，我有些恼怒，用力推开他，很大声地说看到了，他并不在意我的语气，反而有些得意。

我无心去找那只挂在树上的船，调成振动模式的手机在车座上闪着光发出嗡鸣声,我迟疑了一下,还是接听了,听筒里涌出一阵唢呐声,我忙让手机离耳朵远了些。

"还有多久到,就差你了!"是我爸急吼吼的声音,紧接着,手机被我妈抢过去,"别急,慢慢开,安全要紧。"

"为什么是唢呐?婆婆喜欢吉他……"没人有工夫回答我的问题,有人在唢呐声里大声喊我妈,我妈应了一声,知道了,就来就来!又小声叮嘱我:"我知道你心里难受,可这种场合,你是长孙,还是要到场的。赶不上出殡,赶上午饭也可以。外地来了好多亲戚,你露下面,也好叫他们挑不出礼儿……"

爸在旁边嚷:"叫他快点,他不来,谁扛引路幡?"

妈又把声音压低了点说:"要是实在不想来,就说是疫情封家里了,听见没有。"

挂断电话。一切安静下来。

我点开微信,把吉他曲《镜中的安娜》又给我妈发送了一遍。我知道我妈没时间看微信,即便看到了,她也不一定愿意找执事的人更换背景曲,她够累了,我家是大家族,她又是长媳,每位亲戚来,都要陪着号啕大哭——我从内心厌恶这样的葬礼,没几个人是因为伤心才哭的,包括我妈。参加葬礼的男人们多数时间凑在一起抽烟打牌,脸上是一副总算能找个机会热闹一下的兴奋。女人们则穿着油腻的围裙在厨房里忙着烧火做饭——给活的人吃。至于我婆婆,她只能躺在那里,忍受这些喧闹。在这种葬礼上,真正悲伤的人反而是格格不入的,大家都像临时召集的演员,努力完成一套固定的流程,至于为什么要这样做,没人在乎。我和婆婆待在一起时,是巴不得其他人都消失的。

我出生时,婆婆就很老了,可她还是带大了我。她的身子越来越弯,走路时像一座圆圆的小山丘在颤巍巍地移动。我藏起她的拐杖,让她扶着我的肩,那时,我个子小小的,肩膀窄窄的,正适合婆婆扶。我们一起穿过小巷,去买新鲜的莲蓬吃。上坡时,婆婆走得慢,手轻轻地挂在我肩头。下坡时,婆婆走得更慢,手重重地压在我肩头。

大学时,我跟风学会了弹吉他,寒假时,坐在火炉边给婆婆显摆,是齐秦的《外面的世界》。这时,婆婆已经不能出院门了,她躺在床上,睡觉时微张着嘴,打着轻盈的呼噜,像小孩吹气球。有一回她突然醒过来,拍着我的手,迷迷糊糊却很急切地说:"火车是不是要开了,你怎么还不走?"

婆婆是前日凌晨三点走的,我妈挨到天亮才通知我,她怕吵到我睡觉,又担心耽搁我上班,只要求我在出殡的时候赶回去。他们不知道,我早辞了职,成天在野外游荡,写些零散的不值钱的文字,之前存下买房的钱也换了车。

我在家族群里发了信息，告知大家我不去送婆婆了。我还是不习惯撒谎，特别是拿疫情当借口——虽然现在很多人都这么干。有亲戚苦口婆心，死者为大，什么事抵得上给婆婆送葬重要？我没回，我和婆婆，关别人什么事？他们只是想送婆婆一程，而只有我，是想跟着婆婆一起走下去的。这两日梦中，我都见到了婆婆，她从嘈杂的人群里溜出来，拉着我躲在一块大石头后面，有个坐在冰棺旁边叠元宝的孩子发现婆婆不见了，大叫起来，大人们从牌桌边懒洋洋地站起来，四下寻找。

婆婆在我旁边捂着嘴笑。我扯着她的袖子，让她安静，可还是有人发现了我们，潮水般涌来一群人，婆婆被带走了，她像个孩子一样不情愿地扭着身子。我在她身后喊："婆婆，婆婆！"她转身，伸出手，手指微屈着，想跟我拉手。我冲上前去，她又推开我："在别的地方等我。"她眨下眼，朝我无名指上的戒指努努嘴，"带上我，走远点，不让他们找到。"

那枚金戒指现在就套在我的大拇指上，圆圆的一个圈，闪着金光，我能在里面看到变形的自己，草帽与墨镜后面遮盖的是我这几天的邋遢痕迹。婆婆给我戒指时，我刚上大一，拖着箱子往外走时，她从屋里追出来，掏出个小福袋，很随意地递给我，说："留着吧，只剩下这一个了。当年，我有一大串，饥荒时，一个戒指能换一袋米。"

我转动着戒指,想象着婆婆就藏在里面,像拇指姑娘,或者更小。她伤心时总爱躲起来,十二年前爷爷走时,我陪她缩在楼上一间小屋里,窗外是震天的唢呐声,爷爷的棺材抬出了院门,白花花的送葬队伍在巷子里缓慢流淌。她倚着窗念叨:"如果我死了,就把我烧成灰,做成鞭炮或是烟火,'轰'一声,大家都仰头看,乐和乐和,这一世就算走到头了。"

微信的家族群里,有人发灵堂的视频,拍摄者离得远,看不真切,全是一些跪着的背影,高高的白帽子。画面的中央,有些男子在走动,应该是请来的帮工,他们弯腰打开冰棺,把婆婆抬了出来,放在地上,然后蹲在地上七手八脚地给婆婆套外面的寿衣。

我把视频截图,放到最大,想看清婆婆的身影,手指在屏幕上滑动,无论缩小或是放大,只是一片混沌的色块。婆婆似乎是不存在的,他们摆弄的也许只是一堆布料。

我开动汽车,车轮从伏地松上碾轧而过,后视镜里,男孩在拼命招手,我用力地踩油门,男孩的草帽掉了,他捡起来拿在手里,追着车跑,我再次加速,男孩变成了一个小红点。我没有目的地,只是想找片僻静的地方,村庄或是山林都行,我把戒指塞到嘴里咬,有几次,差点咽了下去。

松枝在车轮下嚓嚓作响，在一条沟渠前，我急刹车，身子重重地压在方向盘上。这条看似能通往山林深处的路被人为切开，时间应该不长，沟壁还裸露出新鲜的红土。我被四下浓烈的植物气息吸引着，冒失地顺着沟渠往左走，尽头是一条湍急的河流，藏在大片灌木中，我掀开长满钩刺的三角叶藤蔓，看见对岸有只野狍子在饮水。河的下游是一片沃野，一头黑水牛正从河中泅渡上岸，踏入大片绿色苔草之上。在更远处，河水汇入湖泊，湖泊包裹着原野，蓼子花铺了一地。

"就知道是这样。"我没头没脑地大笑了起来。

这几年，我把生命的大部分时间消磨在附近的田野中，脑子里为它们绘了地图，不错过任何一季的景致，可这片区域却单单逃脱了，它在我的眼皮底下出落得如此不凡。它否定了我的权威与努力，这让我觉得一切都是徒劳的，可突然想到婆婆，旋即悟出了什么，这样的秘境，正适合别离。

爸爸又打电话催我回去，语气由凶转为悲，他问："是不是以后我死了，你也不会回来？"没有妈妈在旁边调和，我们的对话变成争吵。我喊道："你不懂，婆婆一直跟我在一起！"爸爸突然不说话了，很重地呼吸了几下，挂了电话。

男孩拨开杂草钻了进来，我猜他刚才躲在草丛中偷听了我接电话，因为他很安静，并没有责怪我刚刚的突然离开。他蹲在我身旁,在草丛中摘了红色的果子往嘴里送。我搬起一块大石头掷到了河里,野狍子忽然抬起头,竖起褐色的耳朵,一动不动,过一会儿,蹦跳着回了身后的密林。

男孩突然站起来,用一根树枝指着对岸的山峰,喊口号似的说出一串话,等他说到第二遍时,我才听清是"总有一天要出海,自由自在地活着,比任何人都要自由"。我侧目看他,他头顶到我耳垂,估摸在一米七左右,脸上的疤痕贴纸脱落了一半,他不再按了,一把撕了下来。我顺着他宽松的领口看了一眼,胸口处果然用彩笔绘了一道X形状的疤痕。

"路飞吗?"我说,他的眼睛一下子亮了起来,告诉我,他还有一件斗篷,在背包里。

我问:"树上真的有船吗?"

"当然。"这个扮成《海贼王》主角的男孩拼命点头,露着牙齿大笑起来,"万仞之巅,树梢之船,海贼王的平行世界。"当然,后来我才知道他说的很多莫名其妙的话都来自动漫。

"那海呢?海在哪里?"我存心给他泼冷水,这种得了中二病的热血小子,梦还是早点醒来的好。

男孩说,等这个河水涨到树梢那么高时,船就能下水了。"虽然这只船有点破了,不过,我不会被打败的,我会修好的。"

"你准备修好那只船？"我指着前方的虚空说。

"只要有一艘船，就可以拯救一切。"男孩说。我又往水里扔了几块石头，这个男孩除了装扮和笑声，一点也不像路飞，眼睛太小，牙齿太黄。真是灾难，我想。

"一个人太孤单了，我需要伙伴。"男孩让我跟他一起上山，他指指我头上的帽子，"你也戴了草帽，还有很酷的机甲。"他说的机甲是我的车，我想这才是重点，他看中了我的车。

我当然不会答应他，可他抢走了我的戒指，他把戒指举过头顶说："我要让末日火山摧毁它。"戒指在他掌心的黑绷带映衬下，闪着幽光，我咬过的牙印很清晰，我真想把男孩像石头一样扔进河里，可我的手脚却好像失去了力气，只是一言不发地看着他。他很快就把戒指还给了我，我戴上戒指，同意送他一程，主要是我也想进山去看看，这个发誓要修好船去航行的狂妄小子，如何被现实碾成灰尘。

男孩很殷勤，用后背压住一丛荆棘，给我开道。我不领情，让他先走，他蹦跳着前进，有几个果子被他踩踏，红色的汁液沾在他的鞋底。他就这样登上了我的车，很豪迈地说："出发，伙伴。"

不能算是出发，需要先掉头，男孩说他要回到我闯进来的路口，把警戒线重新拉好，把锥桶摆好。他是接替他父亲来看守这个道口的。

他把红黄相间的警戒线缠在水泥电线杆上，嫌一圈不稳妥，又拉了一圈，系在一棵香樟树上，他小跑着拉线，在停顿的间隙说话，"这群破坏者，老变来变去的，昨天说挖掘机今天来，刚刚又说过完'五一'来。"

我坐在一块椭圆形山石上看他干活，旁边摆着一个大肚皮的透明水壶、一个移动电源、一个黑色双肩包，看来这是男孩看守时的营地。从两边山石的横切面看，这条马路应该是炸山开出来的，人类似乎可以随意地侵略自然，给山掏个洞扎个眼什么的，顺手极了。

男孩把一些碎石块搬到路中间，风鼓起他的背心，他察觉风来了，便扬着下巴，闭着眼，把脸迎向风的方向，像是在迎接风的挑战。

开车前，我又刷了一下微信，家族群里不再有人上传葬礼现场图片了。妈给我新发了语音："出了点事，要改天了，你不用急着赶来了。"我打电话回去，没人接。我给一个表弟打过去，他不等我问，便急急地说："来了一群人，堵在巷子里，不让婆婆土葬，要火葬。"

"婆婆还好吧？"我问。

表弟愣了一下才说："不知道，她又不能说话，怎么知道好不好？"

我猜灵堂是乱成了一锅粥，依爸的性子，一定是冲在最前面，争执起来，动手也是有可能的。他练过气功，我倒不担心他吃亏，只是想着这个时候，应该要守护在婆婆身边才好,她活着时,最怕与人争执,吃再大的亏也只是笑笑。

我突然觉得倦乏,转动着戒指,看着这个被乱石遮蔽的路口,这后面是连绵起伏的密林与湖泊,搞不好还有猛兽。天气预报说这两天还有暴雨,为什么要拉警戒线,就是警告远离。如果当时我看到了警戒线,还会闯进来吗?

"你住哪儿,我送你回家。"我想这是不错的方案。陪男孩去修一艘挂在树上的船,这事太不靠谱了。

男孩把收拾好的背包甩在地上,眉头蹙成一团,"你答应去的,不能反悔。"

我懒得理他,径直回到车上,男孩在外面喊:"你一定要去,如果不去,这辈子都会后悔的。"等他走近时,又换了一副真诚的表情,"很快,这里就要变成水库了。"

我有些惊异,怨自己愚笨,脑子里的信息被阻隔,早该想到,这片警戒区就是规划中的水库,早几年新闻就报道过,夕渡,本省最后一个千年村庄即将沉入水底,有很多煽情的旅游推文,而我也是因此才刻意疏远以致遗忘。

我装出对一切了然于胸的样子,同时又明白了自己几分,别人的导航是地图,我的导航是感觉,我得学会抛却所有的理性去信任我的感性,它指引我来的地方,无一不切中我最深的欲望。现在，正是最好的时机，游人退去，村民迁走，一个腾空了的乡村，正适合我和婆婆慢慢告别。

男孩见我松动，赶紧坐到了副驾位上，双肩包放在脚下，用坚定的语气指路："左拐，对，朝山那边开。"这是条土路，从两座山中间的一处缝隙插入，光线很暗，有股阴寒之气从四周渗入。

"没我领着，你根本找不到路。"男孩居功似的抬着下巴，手紧紧握着安全带，手腕在轻轻颤抖，安全带时紧时松。

道越开越宽，可大坑小坑也越来越多，有几次，我感觉轮胎碾了什么东西，想下去看，男孩抓紧我胳膊："别下去，只管朝前开。"

我有些生疑，可也没有坚持，这地块显然被人破坏过，有挖掘机碾过的痕迹，野草这儿一丛那儿一丛，焚烧过的黑色灰烬随处可见。

直到开出这片区域，男孩的手才离开我的胳膊。他掏出大水壶，嘬着嘴巴吸水，只剩一点底了，吸不上来，他啪地按下壶盖。

我握着方向盘的手纹丝不动，草地上遗落的白色骨骸和未烧尽的冥币透露了这片区域的秘密。每个村子都会有自己的坟地，迁村自然要迁坟，只是这片坟场的规模之大出乎我的意料。不过，想想又很正常，一千年的村庄，地下住的人当然要比地上的人多。又想到婆婆，如果不让土葬，她跟爷爷比邻而居的计划就要落空了。

我问男孩："是不是清明时迁的？"

他反问："你怎么知道？"接着又说，"那时发生了很多怪事。"他把水壶的盖子啪嗒啪嗒地按着，讲了几则见闻。我问他手上缠的黑绷带是怎么回事，他把手举到面前，大声说："是同伴的记号。"

男孩说的同伴叫牛仔，去年夏天在河里游泳淹死了。"他没埋在这儿，在那边山脚下。"男孩按下车窗，指了一个方向，就在那个小土坡下面，旁边有片樟树林。我看了一眼，又是一大片绿，在这里，绿是肆意的，也是让人发腻的。

男孩又说，前些天，他从那山脚下过，有团蓝色的火一直跟着他。"我跑它也跑，我快它也快，我慢它也慢，我后来就不跑了。是牛仔的骨头没烧净，不仅牛仔的，很多骨头都没烧净。"

我不再说话，点了单曲循环《镜中的安娜》，仪表盘上蓝色的数字在跳跃，十点，正是婆婆出殡的吉时，如果一切顺利的话，应该有一支白花花的队伍，跟在婆婆的棺椁后面，穿过一条僻静的小道，抵达爷爷的坟山。男孩低下头拨弄了一下腕上的电话手表，发了几条语音，说的是本地的方言。中间他突然抬头冒出一句，"这什么曲子？"我没回答，过了几分钟，他就歪着脑袋睡着了，嘴微张着。我没有叫醒他来为我指路，在岔路口，我选择了通往村庄的路，我希望他多睡一会儿，直到我抵达村庄——比起去那座不靠谱的山，我更想来的是夕渡村。

在全世界有多少这样的村庄呢？它们包裹在大山深处，能隔绝大多数外界的动荡。20世纪60年代，婆婆就在这样一个偏远的村庄里躲过了那场灾难。我小时候是听那个村庄的故事长大的：狼拍打夜行人的肩膀，一回头就咬断脖子；猎人用裹了毒药的内脏诱杀野猪，除了人与兽的斗争，还有叮咚作响的山泉水、用铁桶吊在水井里的凉西瓜。

可现在，这个村庄和婆婆一样，没了呼吸，只是安静地躺着。

按男孩所说，村子是在春节后搬空的，只是几个月时间，大自然就派野草与动物收复了这片被人类操持千年的土地，石头砌的矮屋塌了，野菊在水缸旁疯长，几根竹子顶破了猪圈，野猫在房顶灰瓦上躬身前行，几扇碎了玻璃的木窗吱呀晃动。

男孩还在熟睡，歪斜着身子，头倚着车窗，手里抱着透明的大肚水壶。我在村口一棵老樟树下面熄了火，这棵裹着红布的老树，树冠宛如一只仰天啼叫的大公鸡，它的羽翼遮蔽了半个山坡。从车里出来，我绕树走了一圈，低处的树枝上系满了红色的祈福绸带，高处的枝头是系了砖头扔上去的。现在，红布条褪色了，支撑老树的一根钢管倒了，硕大的枝丫垂在土里，树的顶部，栖息着一群八哥，黑亮的身子踩踏油绿的叶片。

这样的散步是艰难的，我的脚步落在了这一处，便不能落在那一处，无论我踩踏哪一块，都无法再次与它相遇。我跳进小树枝捆绑而成的栅栏，从几间堂屋里穿梭而过，阳光的炽热与土屋的阴冷轮番袭击着我，在一面贴满牛粪的泥巴墙前，我停下来，端详每一个大块头的区别，闻着它们散发的泥土与青草的味道。很难相信，这个大山深处的村庄还保留着晾晒牛粪当燃料的习惯，我想从牛粪与墙的契合程度查验它们的年代，却从缝隙处发现了白色的胶泥。

路过祠堂前宽大的操场，绕过三四棵歪歪扭扭的枣树，我在木头搭的四面透光的厕所小解，到一半时，把门踢开，在这片天地里，所有的门都是多余的。

村子的低处是河流，岸边倒置着几艘木船，船板朽烂，青草从破洞里探出来，水流不疾，碧绿的水面上不时泛起一串气泡，河边几块青石光滑圆润，我猜测这是淹死牛仔的水域，因为那旁边立了一个不许游泳的警告牌。

男孩睡醒了，在按车喇叭，枣树上掠过一群麻雀，我回望小山坡上的那棵老樟树，我走了许久，却原来并没有多远。

往回走，远远就看到男孩，他坐在车顶上，两条腿分得很开，一条腿支撑着胳膊，另一条在空中晃悠。他把手上的野果子抛到空中，张着嘴去接，果子砸到鼻子上。他用力地揉搓鼻子，一副睡醒了精力无处发泄的样子。

见我走近，他拿果子扔我，力很轻，那果子没到我跟前，就落了，是青杏。农历五月，村庄里的果实因无人看管更加繁茂，它们还不知道，这是它们在人间的最后一次挂果，恐怕是等不到成熟了，汛期很快就会来临，当上游的闸门打开，这片土地将永远失去果实。

"我有不好的预感，那些家伙，要来袭击我们。"男孩绷着脸说，冲着空中掠过的麻雀挥了几拳，然后跃起，抓住头顶的树枝，晃悠着攀到樟树的侧枝上。

我点燃一根烟，在樟树旁边的神龛旁坐下，阴影已经从车上转移到这边了，远远地，能看到河水绕了几个弯后，被一座大山甩在了身后。

男孩借着侧枝攀上主干，几个跳跃，上了更高处的树杈。我抬头，能看到他浅色的脚掌抵着深色的树皮。他的背心被树枝钩起，露出小麦色的脊背。

"正义是由我来决定的！"口号声中，男孩又往上移动了几根树杈，有块系着红布条的砖块掉了下来，砸在我旁边的神龛上。男孩探头来看，见我好好坐着，又接着往上爬，只不过动作小了许多，只有几根踩断的枝叶掉下来。

阳光一点点西斜，神龛内青石牌位上的字清晰起来，是"樟树大神之位"，牌位前插着几根残香，顶着一圈灰烬。

男孩不知道什么时候又回到了低处的主干上，他把树枝上的红绸扯落一地。

"王大婶从网上批发来的布条，卖给那些旅游的人，十块钱一根。我们村的人才不兴这个。"

"你不去山上修船吗？"我希望男孩能马上消失。

"我睡着的时候，你开错了路。"男孩指着河流的上游，"万仞之巅，树梢之船，海贼王的平行世界在那边。"

我站起来，仰望那座山。男孩坐在我上方的枝杈上，两条腿摇晃着，十几条红绸被他用脚尖挑拨着，上面黑笔写的人名皱成一团。

"你来晚了。"男孩说，"原来这里可热闹了，那边是条小吃街。"他指点着，"就是牛粪墙那边，有炒螺丝、炸香蕉、肉烧饼，最好吃的是米饺子配红薯糊，韭菜豆干馅的，糊糊里有猪血、萝卜干。我告诉你，村里有三家做米饺子的，只有白大妈家的最好吃，我们村的人都知道，可旅游的人都瞎买。"

男孩很用力地咽口水，他说，村里几乎家家户户都开了农家乐，他指点着灰瓦白墙，逐一盘点，李大婶的炒米粉最有嚼头，王麻子家的藜蒿炒腊肉最大盘。每到饭点，这村子里家家户户的烟囱都冒出烟，烧的柴不同，烟的颜色也不同，有黑烟、白烟、黄烟。

"你家冒的烟是什么颜色？"

男孩从树上蹦了下来，指着河边一座带院子的房子说："那就是我家，我爸整天忙，我妈在县里开旅游公司，他们没工夫管我，我家从不起火的。"

我们离开樟树大神时，男孩弓着腰从土里掘出了青石牌位，他说等挖掘机从后山那条路开进来，房屋、树木都会铲平，坑也会被填平。

"这里的一切，就要消失。"他在空中画了一个圈，手指停在万仞山的方向，"只有那里不会。"

男孩上车之前跌了一跤，樟树大神拱出泥土的粗大根茎将他绊倒，他的牙齿磕到嘴皮，血滴在地上的红绸上，看不出颜色，只是一片湿痕，他左手撑地起身，右手还是紧紧抱着牌位。

"航海战士是不会哭泣的。"我听到他低吼了一句。

男孩像村庄的主人一样指挥我，要我把车开进他家的院子："晚上住我家，明天一早去万仞山。"我拒绝了，可同时也答应他，明天一早送他到山脚下。男孩担心我提前走掉，直到看见我将车停到河边，他才安心。

我时常在野外过夜，后座有张气垫床，虽然伸不直腿，可蜷着还是宽敞的。今晚，我想独自待在车里，婆婆一定会来找我。

有一阵子,男孩不见了踪影,河里有轻微的水花,却并不见人影。我看到那块不许游泳的牌子,男孩的衣服就搭在上面。我有些悲哀,十几岁的孩子从来不知道生命有多脆弱,他们还没有把根扎进这片土壤,就有可能随风而去。

男孩浮出水面时,我长舒一口气。他在水里翻了个跟头,一跃而出,将一条鱼扔到岸边,一尺多长的鲤鱼,银色鳞片。鱼弓着身子蹦,到了河边,再一用力,回到水里,尾巴一摇游走了。男孩又扔了几条鱼上来,陆续有鱼逃跑。

上岸时,男孩很郑重地告诉我他的名字:张·霍比特人·夕渡守护者·深蓝选中的人·燃。

"张·霍比特人·夕渡守护者·深蓝选中的人·燃。"我重复了一遍,居然对了。我想起少年时躲在被窝里用手机看斗罗大陆打王者荣耀,我们这代人的成长是跟网络分不开的,甚至很多价值观直接就来源于网络。是从什么时候,我对那些东西产生了厌恶呢?我不记得,只是觉得喧闹,全是碎片在飞舞,让我没办法思考。

面前这个男孩,他迟早要从二次元世界出来,三次元世界会把一切都敲碎的。可此时,他因为我叫对了他的名字而无比兴奋,正在使出各种花招控水,用手拎着耳朵歪着脑袋单腿蹦跳,左耳,右耳,他转着圈蹦,耳朵被揪离脑袋，像铁皮玩具的发条把手。没有水从耳朵里流出，倒是脊背上的水珠不能顺畅地淌下，拐到了胸脯上，X形的文身图案淡了，他还没长胸毛，那些水珠便平稳地滑到了小腹上，跟很多爱动的男孩一样，他屁股干瘪，骨盆窄小，双腿修长。他知道我在看他，可并不在意，他极为随意地套上衣服，嘴巴撇着，如同在干一件很没有必要的事。我想，若是我不在，他恐怕会一直光着身子。

他哼着歌，在一棵柳树下尿尿，光影在他身上游走。等他光着脚板踏着斑驳，开始清点鱼时，脸上现出疑惑的神情，他朝四下看了看，捡起石块打树上的八哥。

"猫，对，是猫武士来过。"他突然笑起来，举起鱼在青石板上重重地撞击，随后，用一把生锈的菜刀剖鱼，很费劲才把内脏掏出来，等他把沾满血的双手放到河里去洗时，一只八哥叼走了暗红色的鱼内脏。

他一直在说话，我因为懒得动才忍受着，一直是这样，黄昏的时候，我干什么事都提不起劲。男孩说，他是从另一个星球上穿越过来的。"我和牛仔都是，那个星球很特别，在地球的核里，就是地球的种子，你明白吗？"

夕阳在水里晃，我又把戒指放到嘴里咬。男孩在鱼身上抹盐，盐是他搬家之前悄悄存下的，受了潮，结了块，需要揉碎了才能用，生起火堆烤鱼时，他讲故事的兴趣更浓了。"我们的星球叫深蓝，我俩的使命是守护天芽，就是地球的种子，等到地球死了，天芽就长大了，这样人类才不会灭亡。对了，你可以叫我燃武士，或者小燃都可以。"

鱼烤煳了，我咬了一口，肚子里没熟，有血。小燃望着我，我只好吞了进去。他眯着眼笑："你可以选择不吃的。"

妈给我打来电话，告诉我协商的结果是婆婆先火化再土葬。"唉，没办法，还是要烧，现在都这样，躲不开。"

小燃从河里提水灭了火，几只野猫围拢过来吃我们剩下的鱼头鱼骨，他托着腮看，指着其中一只黄猫，说那是白大妈家的，"是只老母猫，腿是被牛仔用双节棍打瘸了。"

小燃捡了一个大鱼头去喂黄猫，另一只手抚摸着它的脊背，可黄猫并不领情，扭着身子，冲小燃龇着尖牙。

"有个性！"小燃冲它伸出大拇指，"明天带你去万仞山，好不好？"说着，他转头看我，嘴巴有点讨好地噘着，似乎在征求我的意见，我没见过小燃这种表情，有点发呆，下意识地点点头。

小燃蹦起来，拉着我的手，说趁天还没黑，带我去祠堂转转，他说旅游旺季，大巴车上的游人都爱在那块红底黑字刻着"白氏宗祠"的牌匾下拍照，现在虽然牌子摘走了，可里面那些大圆木柱子还在。

这座位于村中央位置的木头建筑十分显眼，之前我从旁边路过时，就刻意避开了。我向来对高大气派的祠堂提不起兴趣。

"有个大马蜂窝。"小燃比画着，"牌匾取走的第二天，马蜂就来安了窝。"

黄昏，马蜂正在归巢，巨大的黄色肿瘤垂在大门正上方。从老远就能看见。

小燃蹲在墙角捡竹竿，我猜出他的用意后，几次制止，他抿着嘴唇忍着笑，手下却没有停，他用一个捡来的黑色破塑料袋将两根竹竿缠在一起。

"你不知道蜂蛹有多好吃。"小燃拖着竹竿走了过来，"你应该尝尝野味。"

我夺过小燃手上的竹竿，扔到墙角，拖着他往外走，"带我去小学看看，我下午没找到。"

小学就在祠堂后面，是一排石头砌的房子，围墙上刷着标语，操场很大，立一根光秃秃的旗杆，还有两个篮球架。小燃显然对学校没兴趣，他抱臂倚在铁门上，嘴里叼根蟋蟀草。

"没人在这儿上学。"他吐出草，吹开面前一只垂丝下来的小蜘蛛，"就是摆摆样子，千年古镇，总不能没有学校。"

我沿着操场散步，这不像没人气的地方，地上的泥巴踩实了，通往厕所的青石小道磨得光润。

"有三年了，夏天，村里办帐篷节，人们成群结队带着孩子来，都挤在这操场上住，一晚上收上千块。"小燃捡了一根树枝撩拨铁门上的蛛网。

靠墙的老槐树上垂下两根麻绳，系着一截木头，我坐上去晃悠，远处，万仞山一点点将光线吞没。小燃以为我发现了什么，很无奈地走过来。

"算你厉害，阿里巴巴的宝藏被你发现了。"他走到墙角，有堆防雨布覆盖的物件，布的四周都压着石头，他也不先搬开石头，只是强行掀开一个角，露出里面的东西：虫蛀的蓑衣和斗笠、裂了大缝的扁担、断了扶手的独轮车、斑驳的铁皮热水瓶、碎了玻璃的镜框……

我拎起一个镜框，里面镶着几张黑白照片，泡了水，粘在一起，只能看到模糊的人影。在乡村，很多人家墙上都有这种镜框，深色的木框，印着牡丹花的玻璃后面夹着几张全家福之类的合影，镜框背面用麻绳系着，挂在钉子上，一挂就是一辈子，雨水从漏的瓦片里滴进来，照片遇到水瘫软一片，也没人在意。

我哗一下把塑料布掀开，目光落在几个白瓷盆下撂着的一沓旧杂志上，是1978年的《十月》，封面虽然发黄，却非常新。我抽出来翻看，纸页之间摩擦得沙沙作响。

"假的。"小燃摆弄着一台收音机，把开关拧来拧去。

"是挺假的。"我把《十月》创刊号扔了回去，内页全是白纸，有些纸页还没裁开。

小燃抬头看了我一眼，继续摆弄收音机："牛仔从闲鱼上搜罗旧物，然后卖给那些开民宿的，城里人都喜欢这些摆设。"

我问他，这些东西准备怎么处理？小燃说已经有人要了，是邻村一个开民宿的大学生，这两天就开车来拉走。他拍着收音机的后盖说："人人都想到村庄找老物件，可乡村早就没有这些旧东西了。"

我掏出打火机点燃这堆旧物时，小燃并没有阻拦，他反而有些兴奋。"随便烧，随便烧。"他用手扇着火说，"不过，你得赔我八百块钱，我本来可以卖一千的。"

火势越来越大，我不肯挪步，滚烫的气体把我的脸烧得发热。小燃扯下我的墨镜，我知道他早看我的墨镜不顺眼了。夜晚已经来临了，我不需要它了。

走时，小燃用尿烧灭火星，又在灰烬上压了些土。我心里舒坦了些，这些旧物就应该留在这所村庄，去到别的地方，它们永远是流浪。

回来路过牛粪墙时，小燃问我，要不要把这个也烧了？他说这墙上的牛粪是他和牛仔一起贴上去的。"现在很多村庄都学我们，可他们都弄得太假了，连牛粪也是塑料做的。"

我不再说话，远处传来动物的叫声，呦呦——嗯嗯——似乎是两只动物在隔江对话。

"是山啸鹿。公的呦呦叫，母的嗯嗯叫。"小燃说，"现在动物少多了，前些天坟地那边投了一次毒，野狗差不多全被毒死了，拖拉机装得满满的，说是拉到农贸市场去了。"

他的声音低沉起来，山啸鹿的叫声小了，且只剩下呦呦声，母鹿像是跑远了。

"他们还会再下药的，这些动物一个也不能留。前些天我爸过来，我让他带出去好几窝小猫。"

到河边了，他说："正好，带你看个好东西，不过，不一定能看见。"

萤火虫在河对岸的麦地里闪烁，小燃把脚伸到水里，因为水，周边似乎聚了微光，显出天地的轮廓。

"前几天，我帮嘎嘎找黑水牛时，他跟我说，夜里不要点灯，我当时还觉得他是胡说八道。"小燃说。

后来我才知道，小燃说的嘎嘎，是老太爷的意思，这位老人家住在江心岛上，是下了决心不搬家的，他在岛上种了油菜花，有头散养的黑水牛，以前，村里经常租他的黑水牛来当模特，卧在河边的垂杨柳下，一天三十块钱。

"前几年你是见不到萤火虫的，都被人抓光了。"小燃说，"我就是看这萤火虫才明白了嘎嘎说的道理，它要不点灯，就不会成为目标。"

我抽烟时，扔给小燃一根，他过来跟我对火，脸庞离我很近，鼻尖碰到我的额头，凉凉的，那瞬间，我闭上了眼，里面涩涩地痛。

"你有三十吗？"小燃坐在我身边，抽一口呛几下。咳嗽让他的嗓子变得很奇怪。

"二十七。"

"没大我几岁。"他大咧咧地说，把剩下的大半支烟扔进了河里。这时，一串蓝紫色的微光从水底升起时，小燃猛拍我的肩膀。"天点灯！"他指着万仞山方向喊，"你运气真好，刚来就看到了。"

微光是山上倒映在水底的，它们在树梢上跳跃，星星点点，很快就消失了。水面恢复了沉寂，小燃的手却一直搭在我肩头不肯离开，他问我还记得牛仔的磷火吗？

他不需要回答，兀自急急地说了起来："树梢上也有磷火，那棵老杉树七八百岁了，都成仙了，嗯，那只船，那天你不是看见了吗，就挂在它脖子上，它肚子上还有个大洞。"

"我知道你不信，等明天看见了，你就知道我没骗你。"小燃把墨镜还给我，跑去扑打几只飞过河的萤火虫。

等我把气垫床充好气，铺在后座上时，小燃回来了，他把萤火虫装在小玻璃瓶里，用柳枝编了个头环，那瓶子就缀在中间。看到我，就从自己头上取下来给我戴，讨好的意味很明显。我不要，推搡中，瓶子摔在地上，萤火虫飞走了，我们都没有去追。

车灯开着，把他的影子拉长。他虚张声势地说："你不要锁车门，有情况随时呼救，我会保护你的。"说完，慢慢地走回自己家，似乎期待我随时叫他回来。

外面起风了，隐约又传来山啸鹿的呦呦声。我吞下一粒安眠药，恍惚了许久，意识就向深处沉了下去。有猫钻到车底，发出几声呜咽，我从混沌中醒来，伸脚时碰到硬物，竟然是小燃缩在一角。我用手摸索他的方位，触到他的后背，他团得更紧了，我摸到他的胳膊，很凉，毛孔竖了起来。我顺着他毛茸茸的脑袋，找到肩膀，把他从垫子边缘拖到中央来。小燃的身子触碰到睡袋，就很自觉地抱紧了，头紧紧倚着我的肩。

山里夜很凉，我用睡袋把小燃裹好后，便开了车门，往河边走去，我甚至没有伸出脚指头测试水温，就一个猛子扎了进去。我向水深处游去，贴着水底游，寻找窒息的感觉，水的温度随着深度在变，越来越凉，我欺凌自己的肉体，隐瞒真正的触觉，眼里涌出泪来，我一边流泪一边游。婆婆来了，她在我耳边跟我说话，气息吹拂着我，声音困在水里，嗡嗡地乱响，我伸手抓她，她的衣角软软的，从指间滑走。我想，她是来跟我告别了，明天，她的身体就要化成灰烬了。我要不要跟她一起走呢？我不再划水，只是静静地漂着，意识恍惚成一片空白……

江边有喊声，很哑，不像小燃的声音。我爬上岸，看见一个黑影往车的方向奔过去。我跟上去，看见钻进车里的小燃，他抱着睡袋缩在一角问我："水猴子走了吗？"

原来他一直在岸上看我游泳，他说在水里有两个人影：一个是我，另一个是水猴子。"差一点抓到你了。"他说，"我一喊，水猴子就放手了。"

水猴子就是水鬼，每个村庄里，都有水鬼的传说，每条河流里，都有被水鬼抓走的人，这条流淌了上千年的河，里面到底有多少居民，谁也算不清楚。这次搬迁，它们怎么办？小燃看见的或许是真的，这样的事，在乡村太常见了。而这次，我坚信，他看见的不是水猴子，是我婆婆，自小在江边长大的婆婆，看见了水，自然是忍不住要跳进去的，或者她不放心我，她以前就嘲笑过我在泳池里学会的蛙泳，她护佑着我，在我迷离之际，把我推到岸边的一定是她。

我让小燃去前排坐着，我要补个觉，他挪了位置，扭过头说："我看错了，不是水猴子，水猴子是有尾巴的。"

我背过身就睡着了，梦里婆婆喊着我的名字，跟我玩捉迷藏，我在村子里东奔西跑寻她，跑在祠堂门前，马蜂窝砸到我头上……小燃用一根毛毛草弄醒了我，车门开着，他油乎乎的手指捏了一个什么塞到我嘴里，我下意识咀嚼，脆皮下包裹着汁液，味蕾并不熟悉这种味道，可是却立马辨认出这源于新鲜的生命。

我从车里钻出来，看见端着一盘炸蜂蛹的小燃，他歪着头冲我笑，没戴草帽，头发油乎乎的，鼻子上蹭了烟灰，蓝裤子的膝盖上渍着泥巴，脚上只剩下一只鞋，光着的那只脚套个红色塑料袋，袋子前面破了，露出半个脚指头。

他把那个豁了半拉的青花盘子递到我跟前，很义气地对我说："要不是留给你，我一口气都能干完。"

我离开了夕递村，没带小燃，也没带黄猫。我愤懑的是自己的无力，大自然每天都在上演无尽的屠杀与掠夺，我无法真正地捍卫什么。

后视镜里，小燃站在原地，眼神有些无措，盘子里的炸蚕蛹冒着热气。

我也不看路，胡乱开着，绕过几个起伏的小山坡，在一片紫云英花丛中，看见一只黑水牛若隐若现的身影，于是停了车，寻了过去，花丛的尽头是片开阔的水域，有位戴着草帽的老太爷正划条小木船往岛上去，岛上有间小木屋，门旁挂着咸鱼咸肉，一只大黑狗在几团渔网旁刨食。

我跟老太爷打招呼,他慢悠悠地把小船划过来,让我去岛上坐坐。

上岸后,老太爷把一串咸鱼塞到我手里,"年轻人,求你件事。"我猜到了老太爷托我的事,可大黑狗却不肯离开,老太爷用棍子追着打它,它只是呜咽地躲开。

"我八十多岁了,它才六岁。它能跟我一起死吗?"老太爷把小铁锅的剩粥倒到碗里,招呼狗过来吃。

回到车上,我呆坐了一会儿,想起大黑狗眼里的泪,有些绝望,情绪是最无用的东西,只会让人做出错误的决定。这就是世界,反抗的人会知道,自己是多么渺小和无力。谁又能真正改变什么呢?

我坐在一片油菜地里,拼命啃一块压缩饼干,哽在喉咙吞不下去就硬塞,终于吐了,我趴在沟渠边,眼泪鼻涕随着胃里的黏稠液体一起落入水中。一群游得飞快的小鱼聚拢又散开,这种叫走水佬的鱼有一个白肚皮,炸起来很好吃。婆婆给我做过,我的婆婆,火焰会从什么地方开始吞噬她呢?她再也闻不到人间的烟火气了。

清空了胃,我翻转身,看头顶的云,云的形状很像婆婆的脸,我开始回忆炸蜂蛹在舌尖的滋味。四下很静,隐约中听见猫叫,是小燃抱着猫来找我了吗?我起身张望,成熟了的油菜地里,一只金翅雀栖在黄色的秆上啄食。我看到身后的土路上，有两串浅浅的轮胎印迹，他跑得那么快，说不定待会儿就会冒出来。

整个早上，我一直在绕着万仞山转圈，我能清晰地看到那棵直插云霄的杉树，它就在半山腰上敞着肚皮俯视我，填充的红色砖块有几块塌了，露出一个黑乎乎的小洞。我把车停到离杉树最近的山脚下，从这里有条小道通到树下，能隐约看见树旁围了一圈石头，石头上撂着几块旧木板。

家族群里有人发出视频，婆婆出发去殡仪馆了，天下了小雨，大家挤在一辆大巴车上，没有位置的人就站着。婆婆应该是我们家族第一个被火化的人，这倒是离她变成焰火的梦想有点近了。我开始执着地等小燃来，我想请他把戒指挂在树梢上，树梢上的星光跟焰火一样璀璨。

小燃来时，我躺在江边的柳树下睡着了，他划着船从江上过来，老太爷上午去托他办事，他便把船借来用了，顺便还借来了锤子、斧子等工具。

他大声说："你睡着了，怎么还流眼泪。"

我说饿了。他从背包里掏出一个塑料袋，举到我跟前。

我嚼了一嘴炸蜂蛹，小燃蹲在旁边说："你没必要生气，在农村，都是这样吃的。要不，马蜂得成灾。"

河对岸的山路上传来轰隆隆的声响，橘黄色的铲车、挖掘机排成一长溜,正往村里开,豆绿的河水倒映着车队,在蓝天白云之间穿梭,有个男人在吼一首流行歌,节奏很快,听不清词。

"大黄猫呢?"我问。

小燃摇摇头:"我去白大妈家找了,还去垃圾场找了,都没见到。"

工程车开始干活了,夕递村的上方腾起一片灰尘,他们最先推倒的是祠堂,这个夕递村最高的建筑倒下时,我们一点声音都没听到。

"这帮坏蛋,提前行动了。"小燃用一根柳条狠狠地拍打水面。

一声清晰的猫叫从汽车底下发出来,小燃钻到车底,抱出一只猫,黄色的皮毛,却并不是那只瘸腿猫。小燃高兴起来,说:"都是黄猫,说不定是那只瘸猫的孩子。"又说他也记不清牛仔是不是真的把黄猫的腿打瘸了。

小燃把船上的工具装进背包,他现在两只脚都是光的,走路时像猫一样没有声息。

他说:"走,上山,修船。"

小燃没有走那条弯曲的山道,他走直线,从半人高的草丛中穿梭而过,山路不平,在几个低洼处,我们都陷了进去,两个黑色的后脑勺在青草中挪动。

我学着小燃的样子,把身子贴在笔直的杉树上,透过树干的缝隙,去寻找那艘船,只能看见它的底部,卡在顶部的三根枝杈间，船板烂了，漏出一小片湛蓝的天空。

小燃爬到杉树的红肚皮上，让我帮着把木板递上去，他脱了上衣，光着膀子，接过木板后，把它架在枝丫上。杉树分杈少，枝叶又扎人，木板的移动并不容易，十几分钟后，我才听到锤子叮叮当当的声响。

整个下午，小燃都在修补那只船。我绕着树转圈，从各个角度去看那只船，我没有发现任何一丝船的特征，只是一块卡在枝杈间的旧船板。到黄昏时，小燃从树上爬下来，脊背发红，头发湿漉漉的，指甲里全是苔藓。

我陪他去后山的桃树上割树胶，用一个破塑料桶搅和灰泥，他煞有介事地把桶拴在腰上，身子一弓一弓，像条毛毛虫一样蠕动着爬上去涂抹，我不太相信他真的能补上那些缝隙。有几次，我听见枝丫折断的声响，是他的脚踩空了，他发出短促的惊叫，我询问时，他的声音从高处落下来，"哈哈，我在树上跳舞呢。"

我忍不住想嘲笑他，他太自命不凡了，真的以为自己能修好一只挂在树上的船吗？即便修好了，又有什么意义呢？牛仔永远不会回来，他一个人驾驶这艘船能去哪里？我开始笑个不停——笑自己的痴狂，只是偶尔得了一个奖，便辞了职专事写作，这事多少是受了婆婆的蛊惑，她说："人不能跟自己捉迷藏，你得干你爱干的事。没饭吃，我的退休金也够养活你。"

这个豪气万丈的人，太不讲信用，我这边第一本文集刚交给编辑，她就走了，丢下我一个人，说好的，一直陪着我呢，都是谎言。这世上谁也不能陪谁一辈子。

小燃最后一次上树时，我让他把戒指挂到树梢上去。他摇头，这可是魔戒呀，你想好了。我捶了他一拳，他把戒指含在嘴里往上爬，等他从树上下来后，神情有些呆滞，我们一句话也没说，一前一后地往山下走，走到岸边，便跳到河里游泳。那只黄猫从车后面转悠出来，蹲在岸上瞅着我们。

河对岸冒出几缕炊烟，是工人们在做晚饭。小燃钻到水底去抓鱼，身边荡起一圈圈涟漪，他从水里钻出来，甩着头发上的水滴。

"石头缝里都是鱼，一条鲶鱼把我的手扎破了。"小燃高声说，接着一个猛子又钻进水里，再出来时，他的手指死死夹着一条鱼。

鱼很小，小燃把它扔回水里，黄猫摇着尾巴走了。我们坐在河边抽烟。老杉树倒映在河里，修好的小船露出一角，是块发黄的旧木板，突兀地杵在枝叶间。

"你猜我在上面看到了什么？"小燃捏起地上的红土，按到手指的伤口上。"就跟堆积木似的，我家的房子一下子就倒了，整个村子都是积木搭的……"

河水把杉树的影子摇碎，我知道小燃把老樟树的牌位放进了小船里,他拉开拉链时我看见了,他肯定还放了一些东西,他不说,我也不想问。

晚上,江心岛上亮起了灯。小燃说老太爷走了,他去还船时听说的,他的几个女儿女婿带着一群外孙在为他守孝,天亮时会请人来抬走老太爷,还会牵走那只黑水牛。"嘎嘎一死,黑狗就找不见了。"

起风了,柳枝打在脸上,乌云盖住江面,天气预报说的暴风雨终于是要来了。小燃催我走,"这种泥巴路,底盘再高也危险,陷在里面,我可不会帮你推。"

雨点下来了,很大,我说先送小燃回家——之前他告诉我,他家搬到了县城。他想了想,说送到村口樟树下就行。"我爸在那儿,我看见他的车了,就是在工程车前引路的黑色大众。"

小燃嘴上叫我走,自己却迟迟不动,有闪电过来,我看见他微抬着头,盯着老杉树的方向,他在担心那只挂在树上的船。

上车后,小燃告诉我,刚刚那些木板掉下来了。"有两块垂在树枝上,有一块落到河里了。"他突然笑了,"能看到它们掉下来挺好的,省得我以为它一直都在。"再过一会儿,他又叹息起来,"主要是我手没劲了,有几个地方都没钉牢,要是牛仔在,这船一定能挂在树上。"

几年前,小燃在他爸车上看到过水库规划图,"万仞山在水位线以上,牛仔说,我们可以把树上的小船修好,以后来水库游泳累了,就坐在船上玩。我说这不像船,就一块破板子,他说我没想象力,能浮在水面上的都是船。"

我把小燃放在村口,他坚持把大肚子水壶送给我。"我妈非要我带的,我也不喜欢。"我从后备厢里给他拿了一双我游泳时穿的拖鞋,他趿上,脚后跟露在外面。

"深蓝,还记得吧,那个我来的星球。"小燃站在樟树下跟我告别,我明白了自己为什么不喜欢他。他和我太像,沉迷些看不见的东西,比如一个人或是一座村庄的葬礼。

又回到了路口,一根警戒线虚虚拉着,小燃布置的石头树枝被挪到两旁,路边新增一个指示牌,上面是四个滴着墨汁的黑色大字:禁止驶入。

山外没有下雨,路旁一处农庄前,有个小伙子站在"水库活鱼"的霓虹招牌前伸手揽客。马路上车很多,路灯也特别亮,我有些不习惯,开得很慢,直到眼皮越来越沉,就把车停到一棵梧桐树下睡着了。

梦里,我找到了婆婆的新家,四下一片红色的鞭炮碎屑,坟头上的引魂幡低垂着,有风过,红绿两色的布条轻轻飘拂。我盘腿坐在墓碑前,掏出手机,单曲循环《镜中的安娜》,婆婆在石碑上瞅着我笑,那张照片是去年夏天,我给她拍的,背景是油绿的栀子树叶,没有花。我后悔没有带我的吉他来，夜很深，有野猫的叫声，还有凄厉的鸟鸣，我猜婆婆一定睡不着，她果然推开墓碑走了出来，抱着一块船板，揉着胳膊说："怎么树上有艘船，还掉了下来！差点把我的胳膊给砸坏了。"我重复男孩之前说过的话："是以前发大水时冲上去的，当时树还没这么老，它是扛着那只船长高的……"

本省的新闻公众号在2022年5月30日推送了那个千年村庄变成水库的视频，那块砸在我婆婆身上的船板被冲上岸，万仞山上的一棵小杉树把它扛在肩膀上——这个细节是我把视频截图，然后放大数十倍看见的。

那之后的很多个黑夜，我写稿累了，就抱着大肚水壶看那段行驶记录仪上拷下来的影像：在切诺基靠近路口时，小燃笑着松开了警戒线，他的黄色草帽下有一小片阴影，衬得那道像鱼刺一样的疤痕格外闪亮。

至于那枚戒指，我还是时常放到嘴里咬，有几次，它差一点就滑进了我的喉咙。是的，小燃骗了我，他没有帮我把戒指挂到树梢，他把它藏在了大肚水壶里，或许他早就知道，那树上的一切都会掉下来。

月子与铂金包

月子中心的奔驰保姆车去妇产医院接秦小璐出院时，有一胖一瘦两个护士随行：一个抱宝宝，一个搀扶秦小璐。宁国庆拎着大包小包跟在后头，胖护士扭头说：这些行李您拿回家吧，月子中心什么都有，用不着。瘦护士注意到秦小璐腋下夹着一只小包，伸手就想接过去。

哎呀，怎么能让宝妈背东西。胖护士瞅见了直咂巴嘴，责怪瘦护士没有尽责。

秦小璐连声说别别，胳膊一缩，抓着肩带，身子偏向一侧，躲避瘦护士伸过来的手。

宁国庆笑着说：别抢别抢，让她背着，这包能治病。

两个护士都愣了，问：治病？治什么病？

秦小璐瞟了宁国庆一眼，把包又夹紧了些，抬着下巴说：这可不是一般的包，这是法棍。停了几秒，她又加重语气补充道：恶魔之眼法棍包。说着，她夹着包，一抬脚上了保姆车。在车上，她也没把包放下，而是把包搁在膝盖上，从里到外细细地看。包里空荡荡的，除了一部手机，什么也没装。她的两只手捂在包上，正盖在两只黑色的眼睛上，小羊皮触感光滑细腻。秦小璐歪着脑袋想，宁国庆说得也没错，包包的确能治病，不开心的时候，买个包就好了。

瘦护士拿出保温瓶给秦小璐倒了一杯月子水，秦小璐的手这才离开包。宁国庆把行李安置好，也上了车，坐在秦小璐身边。他说：这两只鸟眼，不对，是恶魔之眼怪吓人的，你月子里反正也用不着，我给你拿回家收着吧。秦小璐摇头，很坚决地说：不行。这款芬迪的法棍包，是生孩子前一周，她找人从意大利代购回来的，新鲜劲还没过。

胖护士把宝宝横抱在怀里，宁国庆探着身子，扒着毯子看了一眼，说："小鱼儿，你可真能睡，大奔来接你出院，连眼皮也不抬。"秦小璐倚着宁国庆的胳膊，也凑过来看。宁国庆帮她把脸侧一缕长发往后捋了捋，问："老婆，小鱼儿要是看见你这恶魔之眼，会不会害怕？"

秦小璐一进月子中心，有护士、月嫂照顾着，宁国庆就闲下来了，他趁着秦小璐奶孩子时，把芬迪包塞进一个布袋，看秦小璐没有表示反对，就自作主张拿回了家。秦小璐有一个专门放包的衣柜，里面一格格的，放了二十多个包，可她总说自己缺个好包。

把恶魔之眼塞到最高的格子里，宁国庆重重地关上柜门，他不喜欢这个所谓的法棍包，特别是上头那两只眼，黑眼珠中间还插着一道白杠杠，怪瘆人的，名字也不吉利，跟恶魔沾边，能有好事吗。他盼着秦小璐平安坐个月子。生之前，大夫就提醒他，秦小璐情绪波动大，有一次在诊室里哭得稀里哗啦的，问什么原因，也不肯说。要不然，宁国庆也不能同意花八万块坐个月子，他们算不上有钱人，顶多只能挤进中产，况且这几年，他的生意一直在走下坡路，供给超市的牛奶，在货架上都快结蜘蛛网了。

恶魔之眼锁进衣柜并没有带来安宁，入住月子中心的第三天，秦小璐就跟月嫂小牛干了一架。

那天宁国庆下班比平时稍早一些，他给秦小璐打包了西贝莜面村的枣糕，买一赠一，排队的人挺多，他耐着性子等了十分钟才拿到。上楼时，他怕枣糕凉了，三步并作两步地跨上台阶，在走廊上就听见屋里传出砰砰声。

屋里的情景是宁国庆没有想到的：被子床单飞了一地，原本搁在茶几上的绿色冰裂纹花瓶碎了一地——秦小璐特意从家里带来的，插着一朵仿真紫绣球。小牛的脸以鼻子为界，分成两种颜色：往上是白，往下是红。秦小璐坐在沙发上边哭边喊：走，赶紧给我走。

小牛不肯挪步，鼻子里的血滴到地板上，低头嘟囔着：姐儿们，给我留条活路。

别人都说宁国庆长了一张笑脸，细看还有俩酒窝，可他也有自己的雷区，比如，看不得有人欺负劳动人民，有一回秦小璐在饭店对服务员说话大声了点，他就阴沉着脸，一天没搭理秦小璐。月嫂怎么了，也是人，这一刻，他为秦小璐感到耻辱。他大臂一挥，推开从沙发上起身正要寻求他庇护的秦小璐，重心全放在小牛身上，他不停地说："小牛，对不起。"

后来，宁国庆试图回忆起当时的完整情节，可是脑子仿佛有了自动屏蔽功能：秦小璐是什么时候抱起小鱼儿？又是什么时候撞向窗户的？这一段时间似乎被折叠了，露在最外头的只有小鱼儿尖厉的啼哭声。

宁国庆冲过去，一只脚软绵绵的——踩到了枕头，另一只脚火辣辣的——踏上了花瓶碎片。他跟在云端上跑步似的，五六米的距离，整个人都虚着，没魂了，脑袋里嗡嗡响，眼前一切事物都虚幻地飘在一个变形的空间里。直到他的胳臂搂住了秦小璐，他才还魂了。

秦小璐的头又一次撞向玻璃窗，宁国庆不敢用力，怕压坏她怀里的小鱼儿，只旋转着身子挡在中间，他心想，万一玻璃碎了，他先掉下去垫背。一下，两下，三下，秦小璐撞击的力气渐渐小了……

天昏沉沉的，将黑没黑，宁国庆瞅个空，腾出手，呼啦一下，从墙角扯过窗帘，浅黄的缎子盖住了整面墙。胖护士瘦护士都赶了过来，小鱼儿被抱走了，小牛被带走了，房间被清扫干净了。现在宁国庆有时间来问问到底发生了什么事，可秦小璐压根不理他。枣糕摔在地上，被秦小璐踩成一摊黑泥。

当晚，秦小璐撅着屁股，后脊梁冲着宁国庆。宁国庆没敢合眼，有几次，秦小璐起夜，他半抬着身子，眼珠子跟着她的身影转悠。

第二天，直到新来的月嫂接了班，宁国庆才敢出门，他跑到楼底下，绕过黑色的奔驰保姆车，找到秦小璐住的2008号房间窗台，迈着步子估量草坪的尺寸，接着跑去迪卡侬，买了八张气垫床，一股脑儿充好气，铺在草地上，一只黑猫趴在围墙的黄色琉璃瓦上看热闹。围墙另一边，是高尔夫球场，线条优美的草坪在朝阳下明暗起伏，宁国庆想起家里还有一根高尔夫球练习杆，刚结婚时，秦小璐逼他每周练习一次，说这项运动能扩充人脉。他练了四五次，除了天天应付推销会籍的销售，连个人脉的边也没摸到。

宁国庆不得不去上班了，库管老刘给他发微信，说宁总，怎么办，库房快装不下了，超市退回一车牛奶，还有一个多月就过保质期了。老刘在微信里撤回了好几条信息，后来只剩下一声叹气没撤回去。宁国庆反过来安慰老刘，说做生意，有赔有赚才正常，他会马上联系收临期食品的公司，多少能回点本。

在公司，宁国庆抽空给秦小璐打了三个电话，前两个是拒接，最后一个倒是接了，声音带着冰碴子：你什么时候回来呀，有事跟你商量。宁国庆扔下手头的事就往回赶。

秦小璐把手机扔到宁国庆跟前,上面是支付宝的收款页面。

谁给你打的两万块钱?宁国庆问。

秦小璐说:刚开始她们只肯出一万,我咬死了,两万块,一分也不能少。

月子中心给的?

嗯,惹急了我,把这事发到抖音上去,看还有谁来这儿坐月子。

宁国庆真想骂秦小璐,他最烦这种事,公司经常遇到的职业打假人,就是这个路数,号称牛奶里有小黑点,不赔钱就曝光。他又想起大学时,哥儿们小二劝他别找秦小璐,人家是白沟箱包女王的公主,身家上千万,到了六岁,出门还得保姆背着,你愿意伺候她一辈子?宁国庆挠了挠头皮,虽说秦小璐跟他结婚,生活水平下降了,但也不至于人品也跟着下台阶。

到底怎么回事?宁国庆盼着秦小璐给他一个合理的解释。

秦小璐把一枚乌紫发亮的车厘子塞进嘴里,不一会儿,吐出一个紫红色的核儿,宁国庆嘴里渗出口水,肯定很酸,他想,这玩意儿一百块一斤,秦小璐怀孕时,他老买,自己一个也没尝过,他对这类浆果的印象很不好,一百块一斤,核儿估计都得一块多一个。秦小璐一连吃了三个大樱桃，把嘴皮子都染黑了，才慢条斯理地开始说，她挺享受说话这件事，爱把事情掰开揉碎了说，细碎得让人心焦。

宁国庆耐着性子听秦小璐说完，也气得坐不住了。这个小牛太没有职业道德了，有流鼻血的毛病就不该应聘当月嫂，鼻血流了小鱼儿一身还撒谎不承认，最要命的是，秦小璐都吓成那样了——她以为这血是小鱼儿身上流的，小牛还拦着不让叫医生，说要是嚷嚷出去，工作该保不住了。

你说月子中心该不该给我赔偿？秦小璐脸上一片潮红，她是那种从说话中汲取力量的女人。宁国庆点点头，当然应该赔。他有点后悔，不应该胳膊肘往外拐，向着小牛。

秦小璐又说：小牛骗我，我虽然生气，可没到极限，她毕竟是外人，倒是你，那么大力气推我，我刚生孩子才几天哪，桌角多尖，你知道月子里，骨架都是松的……要不是气疯了，我能往玻璃上撞？

说着，她扭过脸，噘着嘴看宁国庆，眼里含着一包泪，她要他承诺，以后永远站在她这边，不论对错。宁国庆掀开她的淡蓝色月子服，腰上一块紫色瘀伤，他帮她揉了几下，可他没法答应做不到的事，就笑笑糊弄了过去。

秦小璐推开宁国庆的手，自己隔着衣服揉背上的伤，嘴角咧着，嗖嗖地吸气，她挑着眼眉说：这事也不能怪你。你的心结是你妈,你不是告诉我,小时候,你妈给人家当保姆,有一回,你撞见主人冤枉你妈偷了他儿子一个文具盒,指着你妈的鼻子骂。

唉,原生家庭对人影响真可怕。秦小璐的理论得到验证,颇为满意。她号称研究过原生家庭理论,奉为宝典。有一回她去宁国庆公司,跟前台姑娘聊天,告诉人家应该在婚前储备这些知识,唉,我就晚了,她叹一口气。你后悔嫁给宁总?前台姑娘眨着假睫毛说,宁总啊,跟韩国小鲜肉似的,发型也酷,那刘海儿多齐整,不说话都带着笑。嗯,不嫁,你们宁总的人生太枯燥,压根不知道什么叫精神需求。

宁国庆拐了几道弯从员工嘴里听到这些话,找秦小璐理论,说别这么贬低别人的人生。难道为了家庭、为了责任而活着的人,就比为了理想、为了远方而活的人要低级吗?

秦小璐说:你光想着赚钱,又不舍得花钱,有什么意思?宁国庆说:赚钱给你花,我就开心。话说到这里,秦小璐不吭声了。

秦小璐点开手机,又看了一遍那笔款项。她说:徐院长还不错,怕我气大伤身,还找了一个中医过来帮我把脉,可我压根不信中医那一套,把人给打发走了。

徐院长?

你见过的,老太太挺精神的,说话时爱把眼镜推到脑门上，听说退休前是协和的护士长。

这天半夜，宁国庆一觉醒来，发现秦小璐拿着手机在摁。别看了，月子里用手机对眼不好。他念叨一声，起身上厕所，顺便帮小鱼儿掖好小毯子，回来发现秦小璐睁着大眼睛盯着天花板发呆。

一天要三千。

什么？

八万除以二十八天是不是快三千了？

原来她在翻腾月子中心的账，他早弄得一清二楚，敢情她现在才明白呢，要不然，他就说一定要让这个钱花值了，就是遇事尽量让月嫂护士去干，他不是懒，也不是不会抱娃，只是他要攒着力气，等出了月子，抱娃时间还长着呢。

一天三千，原来这么贵？

不贵不贵，一辈子才一次。

宁国庆说这话有点违心，当初秦小璐受她闺密鼓动，非要来月子中心享受女王待遇，他起先是不愿意的，可他受不了秦小璐哀怨的眼神，还有眼泪——他经常看见她的蚕丝枕巾上有一片片泪痕。他后来想通了，如果八万块能买来她的心情愉悦，那这钱就花得值当。

不行，睡不着了！秦小璐坐了起来，她说：以前没有按天算过，这么按天一算，感觉亏大发了，你说咱家房子一百多平，犯得着住在这儿？即便请两个月嫂，也才两万多。听说现在幼儿园一个月八九千，我这是把小鱼儿一年的托费给花了呀——哎呀，我这块堵得慌，就是这儿，你给我揉揉。

秦小璐指着喉咙下方一个地方，宁国庆帮她推了几下，现在堵点转移到他心头了。大家都在网上购物，他供给超市的牛奶卖不动。近半年，公司都是亏损，别人都劝他裁员，特别是老刘，都快七十了，只能看个门，连货都搬不动，可他不忍心。老刘是他原先租房时认识的，那是体育大学附近一个大院，里头几十间平房，老刘负责看门，对他不错。后来平房拆了，老刘失业了，老伴还生着病，宁国庆就让他来公司干库管，一晃都六年了。

三千块，太不值了。秦小璐躺回床上，翻了个身，又嘀咕道：幸好我给找补回来两万块。她把天花板当黑板，反复用眼光书写一道算式：六万除以二十八天是多少呢，念了几遍还是没有弄明白，又开了灯，掏出手机来算，是两千多点，嗯，还是有点贵，不过比起以前，一天少花七百多块。

宁国庆也失眠了，想起前天在走廊上遇到徐院长，徐院长叫住他，欲言又止。后来护士长喊开会，她匆匆走了，只说让他好好照顾秦小璐，多观察她的情绪。

他翻个身，面对着秦小璐，有点咂摸出徐院长话里头的深意了。秦小璐还沉浸在她的算式里，两只眼睛瞪得跟灯泡似的，走廊里的灯从门缝里钻进来，划下一道狭长的淡黄色光带。加湿器喷着薄雾，雾气在墙壁上凝出一层水汽，反射着微光。

秦小璐侧过身，与宁国庆脸对脸，她问：一天两千多，是不是还有点贵。宁国庆点点头，又摇摇头，他不知道秦小璐想要什么答案，他害怕意见不一致惹她生气。秦小璐有点不悦，翻过身，不跟你说了，就会敷衍我。

宁国庆伸胳膊搂住秦小璐，秦小璐哎呀叫了声，别碰我，疼。她的奶今天格外好，刚刚喂过才两小时，又胀了，硬邦邦的。

秦小璐想把小鱼儿抱过来吃奶，小鱼儿睡得沉，嘴巴压根撬不开，秦小璐用吸奶器吸，两只黑莓一样的奶头被牵引拉伸，喷出乳白色的奶线，十多条水柱凝成一条小溪，滴答滴答滑落在奶瓶里。

宁国庆想起母亲过世前，在医院里输白蛋白，他守在床边，看着液体一滴滴滑进入母亲体内，母亲就这样硬生生拖了三天，等到了大哥从美国回来。他眼窝有点潮，起身给秦小璐披件衣服，踱到窗前，掀开窗帘，脸贴到玻璃上，眯着眼瞅，黄色路灯下，一只黑猫蜷在床垫上。

吸完奶，秦小璐按铃叫来护士。护士接过两瓶奶，说：三楼的那个宝妈说要来当面谢你。秦小璐说：谢什么，顺手的事。护士说：这可是初乳，一般人可舍不得给别人。宁国庆这才知道，秦小璐的奶还养着另一个早产儿，他抱紧秦小璐，现在她的胸部是松软的。

宁国庆让秦小璐看窗外，她拢着双手，朝外面看，笑骂一句，谁这么闲，给猫铺这么大一张床。两个人的脸都倒映在玻璃上，眼神碰撞，秦小璐捶打他一下，讨厌，你真希望我跳下去呀。

又是半夜，秦小璐起来给小鱼儿喂奶。宁国庆看眼手机，微信上有几百条信息在闪烁：朋友群、业务群、邻居群、老乡群、同学群，多数都是闲聊，只有一个信息是他等了许久的：石家庄一家公司同意接收他的临期牛奶，约他上午八点见面。这是大事，他困意全无，算一下时间，最迟四点得出发，干脆不睡了，陪秦小璐聊会儿天。

秦小璐提到了那两万块钱，她准备把这笔钱攒下来买个包。

宁国庆说：你妈卖了一辈子包，你又不缺包。

秦小璐说：刘大凤卖的那些包，都是高仿，她自己就从来不背，也不让我背。

你妈店里那么多包，不让你背？

宁国庆脑子一激灵，他想起大学毕业前，同学们组团去秦小璐妈妈的店里扫货，女生人手一个香奶奶，男生标配是古驰，只有他，秦小璐塞给他一个普拉达——就是他现在一直用着的这个。这包灰头土脸的，看起来不如别的同学手里的包包光鲜，连个包装也没有，还管他要了三百元，那是他一个月的生活费，回来他啃了半个月馒头，剩下半个月，是秦小璐请他吃的，也就是从那时起，他俩好上了。

别看我妈是卖高仿起家的，她最看不起假东西。她说，包治百病，真包治没钱，假包治虚荣。

包治百病！宁国庆忍不住拊掌叫好，你妈这觉悟，真不像一个卖盗版包的。他由衷地感叹，听到秦小璐耳朵里，却有些别扭。她皱着眉头问：这么多年了，你还在怪刘大凤？当初她反对咱们，也是有道理的，同学们都说你家穷得一家人共穿一条裤子，谁出门给谁穿，不出门的人都在被窝里捂着。

宁国庆没吭声。他的大学时代很压抑，有一帮来自大城市的同学，把对贫困农村的无限想象都放他身上了。是呀，谁叫他有一块那么显眼的疤呢，这是激发想象的源头。他把刘海儿撩起来，露出额头上的疤，伸到秦小璐面前说：老婆，我剃个光头怎么样？

瞎说什么呢，又想做回夜点灯？秦小璐召唤出宁国庆的外号，宁国庆闷闷地缩回脑袋，手也从头上滑下来，刘海儿卷土重来，疤被淹没了。过了一会儿，他嘀咕道，上次回老家，小侄子叫我哈利·波特。

小哈利，你的隐身衣和飞天扫帚呢？秦小璐笑得前仰后合，分开宁国庆的刘海儿，细细地看那道疤，不住地点头，说：还真是一道闪电呢，你妈这灯点得太巧妙了，J.K.罗琳在火车上看见的那个小男孩是你吧？

宁国庆严肃起来，他把秦小璐的手推开，一板一眼地说：以前我妈在时，我恨她给我留下这么一个疤；现在她走了，我反而感谢她给我留下这么一个念想。

大学里，认识宁国庆的人都知道，他脑门的疤，是他母亲晚上绣鞋垫时，打瞌睡弄翻了煤油灯，一块油火子飞过来烧的，这样的伤，本不该留痕迹，可农村医疗条件差，消毒不严，感染化脓了。同村的孩子取笑他，叫他夜点灯，不知怎的，这个外号跟到大学来了。他也因为这个疤，走路都不敢抬头，直到快毕业时，秦小璐带他去理发店，给他设计了这款带刘海儿的发型，他才重新挺起一米八的个子。

嗯，提到你妈，就想起你哥，上次让他从美国给我带个寇驰包，他倒好，去奥莱给我弄一个打折的，还是三年前的款式……我想好了，这次呢，我要买一个好包，背多少年都不过时，越老越升值的那种。秦小璐掏出手机，她已经把计算器放在屏幕上最醒目的位置了，你看，八万块的包，就算只背五年，一天也才合四十块钱，一点也不贵。

八万？不贵？宁国庆有些丧气，继而有些绝望了。

秦小璐告诉宁国庆，八万块对铂金包来说只是起步价，有人排了好几年都买不到。另外，还得看跟柜姐的关系。我有一个发小，甜甜，她就是柜姐，她说，能给我留一个，让我出了月子就赶紧去找她。秦小璐说着，露了一个势在必得的微笑。

见宁国庆不吭声，秦小璐嘟起嘴，眼里泛起泪花，你要是不乐意，就不买了。反正成天在家带孩子，黄脸婆，买了包，也没机会背。

宁国庆想起来了，他见过铂金包。大学图书馆里，一身白裙的秦小璐翻着时尚杂志，指着封底一个包对他信誓旦旦：这是刘大凤最想要的，等我以后赚钱了一定要帮她圆梦。他只顾沉迷在秦小璐扑闪的长睫毛里，贴着她的脑袋呢喃道：不管是你妈的梦，还是你的梦，我都帮你们圆。之后毕业结婚，忙着买房买车买各种实用的东西，他早把包的事给忘了。如今，这意料之外的两万元重新把这个想法给撩拨出来了，只是这个梦由刘大凤的变成了秦小璐的。

买买买，宁国庆说，出了月子就去买。

宁国庆离开时，跟秦小璐打招呼，叫了三声，都没反应，宁国庆以为秦小璐睡着了，凑近一看，她睁着眼，眼神直勾勾的，无声无息地，泪水从眼角滑到耳窝。身上的被子只搭着半边肚子，肩膀、腿都露在外头。

宁国庆给秦小璐扯上被子时，听见她叹了一口气，身子在被子里缩成一团，长发滑下来，盖在脸上，一团乌黑中只露出一点浅色鼻尖。

下楼时，宁国庆的腿有点酸胀，他没在意，再抬腿时，抽筋了，好几根筋一齐纠缠收缩，他只能顺势蹲下来。凌晨四点的弧形大楼梯上，男人一动不动，半蹲着杵在红地毯上。宁国庆看着表，只允许自己休息两分钟，时间一到，他咬着牙把筋捋直了，汗一下子冒出来了，他扶着楼梯慢慢挪步。开车之前，又抽了一下，这次，他连两分钟也没休息，直接就把腿伸直了，牙齿把嘴唇咬出血印子，他八点前得赶到河北，不能迟到。

汽车开出北京边界时，初升的阳光从窗前晃过来，又一天开始了，他想，要是能把这批临期牛奶处理了，或许他能帮秦小璐实现梦想，八万块的包包，一辈子只要一个，也不算过分。

至于秦小璐在月子中心完成的第二次"敲诈"，宁国庆是在医院里听来探望他的小二说的。那天，他没有去成河北，在高速上腿抽筋，幸好护栏结实，没栽进河里，伤得不轻，轻度脑震荡、软组织挫伤，躺在病床上，裹着脑袋和腿，跟木乃伊差不多，医生嘱咐他躺一个月，他只肯住十天，医生急了，没见过这么不把自个儿当回事的病人，你行，腿瘸了别找我麻烦。

宁国庆半个人都缠在纱布里，说话扯得脑仁疼，他干脆躺平了，把脚跷在被子上。车祸后，他给秦小璐打过几个电话，说临时到武汉出差，要十天才能回去。电话里，秦小璐倒是没发脾气，反而提醒他多带几件衣裳，早晚凉。

小二说：嫂子那张嘴，真叫一个利落，她说有个护士偷换了她的奶，有理有据，小护士干瞪眼，愣是半天接不上话。

宁国庆强撑着坐起来：怎么回事，月子中心还出小偷了？

女人们的事，啰唆着呢，什么母乳奶瓶之类的，我也不爱听，总之，就是嫂子抓着证据了，人家二话不说赔了两万块。啧啧，是两万块，你说你要卖多少箱牛奶。唉，小二真是哪壶不开提哪壶，宁国庆一听牛奶就反胃，别看他卖牛奶，可他乳糖不耐，一喝牛奶就拉肚子，他偏不信这个邪，照样每天一瓶牛奶，咬着牙要跟自己的肠胃较劲。

护士路过门口喊了一嗓子：三床，快躺下，腰还要不要了。

宁国庆隔着纱布，听不真切，倒是小二嘿嘿一笑：问你呢，腰还要不要。他的话里有别的意思，宁国庆在出车祸的当天打电话跟他借了六万块钱，还让他要保密，特别是跟秦小璐不能说。这哥儿们当时就在电话里调侃宁国庆，行啊，哥几个就你最会装，可千万留神，别让嫂子知道，偷吃这行，关键是嘴巴一定要擦干净。宁国庆没接他的话，他更来劲了，用想象力确定了事实。

宁国庆睡着了，小二什么时候走的，他也不知道。

睡梦中，他仿佛听到秦小璐在身边算账，四万块除以二十八天，合到一天多少钱？她摁着计算器说出了声，是一千四百多。已经不贵了，即便是住宾馆，好点的也要一千多一夜呢。她高兴地搂着宁国庆的胳膊甩了两下，胳膊一下子掉了，流得不是血，是雪白的牛奶。

宁国庆再次见到小二是在派出所。

你他妈怎么这么倒霉，医院没住够？跑这儿来凑什么热闹？小二骂骂咧咧，这些天，他忙前跑后，帮宁国庆修车、处理保险，好不容易出院了，以为能消停几天，结果国庆节也没闲着，又被宁国庆一个电话叫到派出所，要说他有气，一多半是心疼宁国庆，这一瘸一拐的，也不安生休息。

小二把一个蓝色文件夹扔过来，你要的资料都在里头，我说哥儿们，你这生日过得不太平啊？咱们伟大祖国七十华诞，你怎么没沾着一点好。

宁国庆低头把文件夹里的几页纸掏出来，胡乱翻几下，重新放好，用袋子拍拍小二的脑袋：放心吧，我又没犯什么事，就是配合警方调查一下，交了这些证明，就能走了。

那天，宁国庆从医院出来时，本来是回月子中心的，可想了想还是吩咐司机掉头，去河北接着张罗临期牛奶的事。事谈得很顺利，他正准备找车把牛奶运过来，这家公司就出事了，涉嫌造假。警察来的时候，刚巧宁国庆也在。宁国庆想，要是不出那么一场车祸，耽搁了十天，现在他就是人财两空。想到这，他感觉这事情啊，没到最后一步，你永远不知道手里抓的是好牌还是坏牌。

嫂子不知道吧。小二问完，嘴还微张着，露着半截牙齿，显示他这话里藏着话，他是想问问花了宁国庆六万块的地下情人怎么样。

宁国庆摇摇头。昨天他给秦小璐打电话，说还要拖两天才能回去，秦小璐二话不说，挂了电话，紧接着就把他的电话号码与微信都拉黑了——之前她生气也这么干过。他再打，根本打不进去。

嫂子好着呢，昨天西西路过那儿，去瞅了一眼，嫂子交了个新朋友，隔壁2009的。西西是小二的女朋友，也是秦小璐的前同事，有一回，这两人在宁国庆家里遇上了，彼此对上了眼，谈好多年了，就差一纸结婚证了。

辛苦弟妹了，隔三岔五去看一趟。宁国庆肚子咕嘟响，不是饿，是牛奶闹的。

西西说，嫂子这个月子坐得值，一分钱没花，白吃白喝还有人伺候……

瞎说！宁国庆有点激动，八万块从他卡里划走的那条短信，还在他手机里存着，账单下月就出来了。

四万。小二伸出四根粗壮的手指，其中无名指上套枚纤细的铂金戒指，太不协调了——很久以后，宁国庆才明白，小二是想告诉他，他订婚了。

小二的四根手指头分开又收拢，宁国庆听见他咽口水的声音，嫂子真猛，去发月子汗，愣说人家要把她活活蒸死，就这，跟人家要了四万，你算算，前前后后，一共八万，是不是全划拉回来了。

小二临走前，宁国庆托他跑一趟白沟，他的手机设了提醒，今天是刘大凤去世六周年，买束花去看看她，告诉她，有外孙了，做姥姥了。

小二的大脑袋摇得呼呼响，别跟我提刘大凤，就是从她家门口过，我也不去。你不恨她，我恨她。当初拼命地拆散你和嫂子，后来坐牢了，又回过头来求你们合好。

宁国庆不吭声了，小二还记得这一出，他都快忘了。是呀，当年他多惨，天天拉着小二喝酒。小二陪着他跑了两趟白沟，刘大凤把着门没让进，说话也直，论个头论长相，你都没话说。就一点致命：穷。你让我家小璐跟了你，喝西北风啊，她爱买包，你一个月工资连根拉链都买不起。

命运跟翻书似的，宁国庆刚从失恋的沼泽里爬上岸，还没站稳，秦小璐来找他了，把头藏在他怀里哭了半个小时。原来国家打击假货，刘大凤削掉大半身家，还蹲了监狱。她在秦小璐探监时，命令女儿去找宁国庆，现在咱们两家是半斤八两了，他家穷，但清白，咱家富，却有污点。

宁国庆是个记好不记坏的人，他没为这事记恨刘大凤，倒不是因为后来刘大凤掏了两百万给他开公司。当然，有了这个，他的感恩又多了一个层次，他心里明白，要不是这笔钱，他一个穷小子，要想翻身太难了。他跟小二是过命的交情，但这事，他没跟小二提过。

回月子中心之前，宁国庆去派出所旁的理发店理发。理发师问他要个什么样的发型，他看着镜子里的自己说：光头。陪了他八年的刘海儿离开头皮时，理发师哎哟了一声，他知道是额头上的那道闪电刺了人家的眼，他挺直脊背，跟镜子里的疤痕打招呼，欢迎回来。

电话响了，他习惯性地想掏包，却发现手机是装在裤兜里的。他背了八年的高仿普拉达皮包早在十天前的车祸里失踪了，他找医生护士问了个遍，没人看见。他让小二去车里找了，也没有。刘海儿与皮包从他的生命中消失了，倒是额头上的疤登场了。

适应起来倒比想象中快，一个小时之后，宁国庆便习惯了夜风吹在头顶那种凉飕飕的感觉，他把车窗打开，裹挟在一片阴霾之中，他不自觉地摸头，以确认光头的事实来对抗一种奇异的从脚底升起的虚幻感。

他没开导航，走岔一个路口，多兜了十分钟才到，起先他的心情是急迫的，油门就差踩到底了，可是真到了楼下，反而安静下来，不急着上去了，2008的灯就在他头顶上方亮着，小鱼儿与他只有咫尺之遥，他却止步了。

宁国庆闭着眼睛在车上躺了一会儿，身上的伤并没有恢复，他不该逞强开车的。现在，他松弛下来，连推开车门的力气都没有了。他掐表，给自己十分钟，他要把自己重新组装一下，他即将面对一场疾风骤雨——离开了十几天，还剃了光头，秦小璐的悲伤，即便汪洋成海也不过分。

他进门时，秦小璐正在给小鱼儿喂奶，她把身子转过去，没搭理他。过了一会儿，她忍不住了，抱着小鱼儿凑过来，声音压得很低，嘴形却很夸张：一下子老了二十岁，知不知道。

宁国庆脱了外套，一声不吭地接过小鱼儿，小家伙睡眼蒙眬，眯着眼瞅他。宁国庆抓起他的小手亲了一口，又放在脸上蹭了蹭，说：小鱼儿长这么快，爸爸都快抱不动了。

你的包呢？秦小璐的目光从他头上扫到手上，厉声喝道，你进来时我就没瞅见。

八年了，也该换了。宁国庆努力让语调轻松，他把小鱼儿放进婴儿床。自己一屁股跌进沙发里，好一会儿，才抬起身子，扯过一个靠垫，塞到腰下，不知是哪块骨头，钻心地疼，他伸出胳膊，拍拍沙发，想让秦小璐也坐下。

别告诉我，你又把包给扔了。她用了"又"，看来她还记得机场的事，前几年两人去法国旅行，宁国庆担心盗版包过不了安检，就把包给扔厕所里了，秦小璐逼着他找了回来，还打包票说没事。宁国庆连声道歉，怪我，太粗心，给丢了。

你把我送你的包给丢了？

宁国庆想，恐怕秦小璐忘了，她是收了他三百块钱的。他不好提醒她，只是轻声解释，包的底部都磨破了，肩带也变形了，丢了不可惜，正好换个新的。

不可惜，你说不可惜？

我不是这个意思……

怪不得刘大凤说，我白瞎了。你就是一个不识货的主。再好的东西到你手里都糟蹋了。

不就个假包，犯得着生这么大的气吗？宁国庆的嗓门也大了起来，他喝了一口水，用力太猛，水从嘴角溢出来。

你是真瞎呀，我秦小璐从来不背假包，能让我老公背假包？

难道是真的？宁国庆顾不上揩衣襟上的水渍，抻长了脖子。

用你的猪耳朵听好了，一万八千多，刘大凤买来打版的，我偷出来给你，怕她发现，没敢拿包装。

为什么不早点说。宁国庆心想自己的确是猪脑子，当初手头缺钱时，还撺掇小二花两百块钱收了去，幸好这小子不识货。

哼，我妈不让说，她说只有男人给女人买包，哪有女人倒贴的？说出去不光丢脸，还让人瞧不上。

敢情真是你先看上我的。

宁国庆笑了，同学都说是他死缠烂打才抱得美人归，关于他厚脸皮的传说跟他额头上的伤疤一样有几种版本，他没法解释，只好认了。没想到八年后，沉冤得雪。他飞快地在秦小璐脸上亲了一下，秦小璐下意识躲避，两只手扑腾着，擦脸上不存在的口水。

有了这样的思想觉悟，宁国庆便有了百倍的热情与耐心，终于，秦小璐脸上的冰霜化冻，她原谅了他擅自离开的十几天，也体谅了他做回夜点灯的无奈。临睡前，她点开手机，给他看收款记录，两笔共六万块。

这么多钱？宁国庆装出惊讶的表情。

说到这个，你现在能见到我都是幸运。秦小璐的话让宁国庆的心沉了下去，他最怕听这个，关于死呀见不到之类的，他妈就从不在他面前说这个，临到快断气了，还交代他把喝剩的燕麦片夹好，等到胃口好了接着喝。

宁国庆的低沉让秦小璐颇为得意，她喜欢从情绪里揣测别人对她的关心程度，宁国庆得了个高分。秦小璐绽开一个微笑，对于生死，她表现出一副毫无畏惧的样子，仿佛她的命是别人的，就该由别人来为她珍惜。

秦小璐说：她们差一点蒸死我……通过这事，我终于知道我的命值多少钱了，四万块。她脸上滑过一丝笑，语气如断崖似的停顿了一下。不是自嘲，是绝望，宁国庆这样想着，心沉到了海底。

当晚，他没有听到秦小璐念叨算账的声响，是呀，还能算什么，她得到八万元的赔偿，正好抵消了之前的交款，西西说得对，不花一分钱，坐了一个月子。

第二天一大早，宁国庆似醒非醒，手臂从枕边划过时，碰到一个硬纸盒。

秦小璐早醒了，正用胳膊撑着脑袋看着他，见他睁开亮，冲纸盒努努嘴：本来不准备给你了，有你这样的吗，国庆节还出差，不知道我等着给你过生日吗？三十岁可是大生日。

宁国庆举手表态：我发誓，以后我的人生，老婆排第一，儿子排第二，我以及我的工作排最后一位。

不行不行，你还得挣钱养家。这样吧，并列第一。

并列第一……宁国庆重复着，舌根泛出苦涩。

两人趴在床上拆包装，一层又一层，塑料纸把床都快铺满了，宁国庆闻到了一股皮革气息，他猜到了这份礼物是什么。与此同时，他又有些胆怯，他并不需要奢侈品包包，那样的享受让他惴惴不安。但是当秦小璐让他提着包走几步时，他一下子就爱上了这种手感，是普拉达的牛皮公文包，滚圆纤细的提手完美地契合着他的手型，银色的三角标志低调尊贵。宁国庆不自觉地抬头挺胸，腿也不瘸了。

结束月子，从会所回家正好是个周末，新请的保姆要下周一才上岗，宁国庆对秦小璐说：你不是要去买铂金包吗？去吧，我在家看娃，你晚点回来也没关系。

秦小璐拿凳子垫脚，从柜子最高处拿出恶魔之眼，夹在腋下就出了门，一直逛到两只乳房涨得刺疼时，才赶回家。她两只手拎满大袋小袋，连门都是用后背拱开的，说还是逛实体店过瘾，其实价格跟网上也差不多。宁国庆趁小鱼儿睡了，给她炖了汤，是跟月子中心的营养师学的，乌鸡竹荪汤，上面漂一层油。

他们都没提包的事。秦小璐嫌弃汤油，找了根粗吸管，只顾低头哧哧地吸溜，压根没注意到餐桌上多出一束绣球，插在一个绿色冰裂纹花瓶里——或许她看到了，只是提不起兴趣说。宁国庆起先靠在沙发上瞅着秦小璐，两人有一搭没一搭地闲聊，过一会儿，宁国庆就歪在沙发上睡着了，秦小璐扔了个靠垫砸醒他。

你很累？秦小璐吐出一块鸡骨头，问道。

小鱼儿很乖，一直在睡。

我不是在问这个，鸡骨头咬碎了，混在鸡肉里，秦小璐呸一下，把嘴里的东西全吐了出来，黏糊糊一片，看着恶心，她赶紧找张纸巾盖上。

是有点累，最近公司事多，好几个员工辞职了，还有大量库存……

宁国庆还想说点什么，可秦小璐已经扔下碗，起身扑向那一堆战利品了，购物的乐趣显然会在欣赏中进一步发酵。

宁国庆没了说话的兴致，他从落地窗前经过，新装的不锈钢护栏将窗外的夜景割裂成一条条，一共一百条，两个师傅整整干了一天，打了九折还花了五千块。

秦小璐意识到自己的行动有些冷落宁国庆，就从一堆衣物里抬起头，用目光追随宁国庆，当宁国庆走到窗户前时，她大叫起来：宁国庆，你疯了吧，说说，我们为什么买高层？

不是我们，是你。宁国庆嘀咕道，当初买房时，他想要的是一层，农村的说法是接地气。

高层比低层贵十多万，为什么？不就是景致好吗？你这倒好，弄个铁栅栏，跟牢房似的？秦小璐气得呼呼直喘，把手里正在把玩的一顶红色帽子扔到一边，帽子的蓝色标签在落地过程斜斜刺出，拉扯到一件散落在矮凳上的灰色长裙，发出细碎的声响，秦小璐有些心疼这两件宝贝，忙低头分开，嘴里还是不依不饶：拆了，你现在就给我拆了。

老婆，你听我说……

你就是存心跟我作对，我喜欢什么，你就破坏什么，你看法棍包不顺眼，就给塞到柜子最上头，也不想想，我够得着吗？

焊死了，拆不了！宁国庆说话一向慢腾腾的，可现在被秦小璐撒豆子似的细密语气逼急了，也吼了一嗓子。

秦小璐的眼泪下来了，她踢翻一把椅子，冲向窗户，身子后仰着，拼命掰护栏，拆了拆了，你要是不拆……

怎么样？宁国庆直直地盯着秦小璐。

我，我就跳下去……

一片寂静。

宁国庆上前，把秦小璐的手指一根根地从护栏上掰下来，将她紧紧搂在怀里，两只手臂跟钳子似的扣得紧紧的，他在她耳边说：听你的，拆，明天就找人来拆。

秦小璐咬着嘴唇，眼泪抹了宁国庆一身，我知道你是好意，可家里这么大动静，你好歹得跟我商量一下。

转天，秦小璐嘱咐保姆把落地窗前的躺椅和红酒柜搬走了，铺上一张爬行垫，摆上一个婴儿健身架，铁栅栏上晾晒些小衣物。秦小璐背着手，来回踱着步，十几个来回后，她发现不仅不扎眼，反而是越瞧越顺眼。

又过了一周，夫妻俩带小鱼儿去医院体检，从月子中心经过时，秦小璐说她进去打听件事，十分钟后，秦小璐出来了。

怎么了？宁国庆盯着后视镜，秦小璐低头趴在膝盖上，长发胡乱扎在脑后。他记得，出门前，秦小璐专门洗了头，花半小时张罗出一头披肩鬈发，怎么进了一趟月子中心，出来连发型都变了。

说了你也不知道，是2009房间的方怡，她，她死了。秦小璐抬起头，鼻子抽动着，嘴唇有些发白。

宁国庆一脚急刹车，把车停在路边。

她妹妹带了一帮人，正在月子中心闹，我想着劝劝架，没想到她们这一通连踢带拽……

宁国庆掉转身，秦小璐抻着脖子，给他看那几道鲜红的抓痕。

刚出院没多久，就从楼上跳下来了，八楼，当时家里也没个人，连个小猫小狗也没有。

在家跳楼，怎么闹到月子中心了？宁国庆熄了火，打开后车门，从安全提篮里抱出哼哼唧唧的小鱼儿。

方怡可能跟她妹妹说过，赔偿了我八万的事吧。

宁国庆沉默了，他抱着小鱼儿绕着车走了几圈，步子很重，好像小鱼儿是块巨石，砸在他身上。过一会儿，小鱼儿睡着了，他踮着脚把他放回提篮，关上车门，走出十几米远，站在一棵柳树下，点燃一根烟，狠狠抽几口，又摁灭了——自从秦小璐怀孕后，他就戒烟了，前些时间车祸后，又偷偷抽上了。也是在那段时间，他天天跟徐院长发微信，问秦小璐的状况，徐院长跟他提过，住在2009的方怡，跟秦小璐一样，都有点产后抑郁，这两个人都是重点监护对象……

宁国庆再回到车上时，先往嘴里扔了两颗口香糖，秦小璐讨厌烟味。

宁国庆开车时，眼角余光一直盯着后视镜，秦小璐缩在车窗旁，抱着胳膊流泪。他摇摇头，却把2009从记忆里给晃出来了，直直的短发，戴副黑框眼镜。宁国庆额头冒出汗，他扭头冲秦小璐连说三遍，以后不许再回月子中心了。

可秦小璐还是去了，周六晚上，宁国庆在喝牛奶，她裹件浴袍，依在冰箱旁，慢吞吞地说：我就是有件事想不通，想找他们问问，你千万别多想，我就待了一会儿，前后加起来也就一刻钟。

490毫升的牛奶，宁国庆喝了一大半，剩下的喝不动了，他放下瓶子时，在桌面砸出很大的声响。红色标签上的一群奶牛正瞪眼瞅着他，他把标签撕下来，搓成一团，奶牛消失了。

秦小璐说：我琢磨来琢磨去，总感觉第二笔钱和第三笔钱赔得有问题。

钱都给你了，月子也出了，你还想多要几万？也来不及了。宁国庆也明白，他的情绪是牛奶闹的，大库存压着，肚子里的小库存也不消停。幸好秦小璐没在意，她沉浸在自个儿思路里时，对别人的情绪时常忽视。

不行，我不能冤枉人。

怎么又成了你冤枉人？宁国庆有些站不住了，腹部一阵绞疼，他要去厕所。

秦小璐跟过来，把着门念叨，没人换走我的母乳，也没人要用蒸汽熏死我……我老想着小牛躲在暗处报复我，越想越觉得跟真的似的……

宁国庆坐在马桶上，心安定下来了。他说：没想到小牛这事，对你影响这么大，现在这事就算翻篇了，以后别提了。

不行，我又不是无赖，成心讹人家的钱。我今天过去，就是想找财务问问，能不能把钱还回去一部分。

你去还钱了？宁国庆声音高了八度，身体也跟着起伏，马桶垫被压得吱呀作响。

我是想还，可是财务说只查到第一笔，没有后面这两笔款。

那就好。那就好。

你这人怎么这样，跟个守财奴似的，我们又不是贪图小便宜的人，不是我的，我坚决不要。

我不是这个意思，我是说，这个钱已经给你了，你就收下。现在往回捯，会给人家工作带来很多麻烦，说不定还要认定失职，饭碗都砸了。

这么严重？

当然，凭空赔给顾客六万块，不是失职是什么？

你这么一说，我想起来了，徐院长离职了。

徐院长离职了？这下轮到宁国庆吃惊了。

是呀，听护士长说老太太挺委屈的，好心帮一个出车祸的男人，没想到把自己给搁进去了。

出车祸的男人？

嗯，不过护士长说，也要感谢这件事，现在老太太去了一个更高级的月子中心当院长。唉，不说别人了，你说这钱怎么办？之前拿得理直气壮，少一分我也要争，现在知道是误会，这钱，搁在我这儿都烫手。

不许还。宁国庆提起裤子，按下马桶冲水键时下了定论，再说，你不是用八万块买包了吗，拿什么还？

秦小璐说：钱我是有的，但是他们不收，我就没办法了。

小鱼儿满百天后不久，一个大雪天，宁国庆下班回来问秦小璐：我给你发的信息看了吗？

秦小璐正在给小鱼儿喂奶，头也不抬地说：这一天到晚围着孩子转，哪有闲工夫看微信。

宁国庆点开手机，送到秦小璐面前，是一张电子邀请函，背景是一棵金光闪闪的圣诞树。

宁国庆看秦小璐扭过头，怕她没看清，解释说：是北京饭店的星光晚宴，好不容易抢到的，德国厂家招待重点客户，名额不多，想到你的包一直没有机会背……

不要。秦小璐干脆地说，我不去，谁爱去谁去。

我以为你喜欢。

你叫我穿什么衣服去？晚礼服，再塞一堆防溢乳垫？秦小璐自生完小鱼儿后，胸部直接从B罩杯升到D罩杯，奶水三个小时喷射一次，胸前总是湿漉漉两大片。

这有什么难。宁国庆说，你带上吸奶器，勤吸点。你这好久也没出门了，八万块买个包，总得拎出去让我沾沾光吧。

秦小璐嘴巴一扁，眼泪涌了出来，吓了宁国庆一跳，连忙哄她。不想参加，就不去，其实我也不喜欢闹哄哄一堆人。

秦小璐的眼泪流得更欢了，手背捂着眼睛，露出一个红通通的鼻尖。

你看，你一哭，小鱼儿就不吃奶了。宁国庆递给她一张纸巾。

秦小璐放下手，眼睛里波光粼粼，鼻子抽噎着，她拍拍怀里的小鱼儿，似乎在跟他低语，妈妈错过了，是最好看的金棕色，也不知道这辈子，还会不会遇到那样的包。

甜甜没给你留？她不是店长吗？

秦小璐摇摇头，是我自己决定不买的。我算了好几遍，二十万除以五年，一天合多少钱，是一百多。接着我又想，五年里，是天天背吗？当然不是，一年能背十次就不错了，二十万除以五十次，一次合多少钱？四千。这钱够小鱼儿上十几节早教课了。

二十万？不是八万吗？

要是八万，我还算个屁呀，早买了。

秦小璐吼道，她把小鱼儿放回婴儿床上后，扑在佩奇靠垫上哭，秀气的小鼻子正顶着粉色小猪的大鼻子，宁国庆差点笑出了声。秦小璐哭累了，停下来擤鼻涕，发出响亮的鼻息，我再也不会遇到这样的好包了，她哀叹。宁国庆弯腰捡地上的一圈纸团,边捡边数,一共十八张。

宁国庆把这些纸团扔进垃圾桶里,长长地吐了一口气,幸好秦小璐脑海里能蹦出算术题,幸好关键时刻没有算错。

平安夜,宁国庆把躺椅和酒柜从杂物间搬出来,他们举着酒杯,透过晒满尿布的铁栅栏看月亮,猩红的葡萄酒在高脚杯里荡漾,秦小璐有些陶醉,眼波迷离之际,两个人同时一缩鼻子,空气里传来一股气味。

小鱼儿,拉了?

五天了,终于拉了,再不拉,明天就要上医院了。

哇,好大一泡,儿子真棒!宁国庆抱着小鱼儿进屋换尿不湿,为这一坨金黄的规模和质地赞叹不已。

秦小璐跷着双腿,把自己陷在躺椅里,下弦月穿过一块尿布,升到第三格栅栏上方,她呷一口酒,却突然呸呸连吐三口,直到嘴里一点酒味也没有了,才长出一口气。这个宁国庆,竟然让她喝酒,难道忘了她是奶牛吗?呸,她不放心,又喝了一口清水漱口。

宁国庆的手机一直在响,她有些不耐烦,欠身拿过来,随意一扫,一条信息弹了出来,是西西的头像,她心里咯噔一下,西西有什么事,需要越过她直接找宁国庆。她迟疑了一下,看还是不看?就在她犹豫的工夫,这条信息已经闯进了她眼帘:哥,我跟小二准备元旦结婚,正张罗新房首付款,他不好意思跟您提,我就问问，你啥时手头方便，那六万块钱，能还多少算多少。小二那边，啥都不知道，你可千万别说漏了。

秦小璐从躺椅上弹了起来，小柜子倒了，玻璃杯咣当砸在地板上，深红色汁液洒了一地。家里并非没有六万块，宁国庆却背着她借钱，这说明钱的用途是隐秘的、不可告人的。她记起来了，在月子中心时，西西支支吾吾地提点过她，要注意夫妻关系，别有了娃就不管老公了，容易被人乘虚而入。看来，这事早就有影了，一圈人都知道了，就她蒙在鼓里，怪不得月子里，他能失踪十几天，出差，去武汉，全是骗人的。

宁国庆对发生在客厅的事一无所知，他感同身受地沉浸在小鱼儿那一大泡便便带来的畅快中。他哼着歌，冲小鱼儿做鬼脸，脸上每一块肌肉都骤然缩紧或是拉伸，小鱼儿咯咯笑个不停，面前这张变形的脸是生动有趣的。宁国庆停下来，他在儿子的瞳孔里看到自己，像某种史前生物，就是不像人。他揉揉腮帮子，脸颊肌肉有些酸疼，耳根后头有根筋在突突地跳。他听到了阳台上的动静，但他没在意，那一杯葡萄酒给他一个错误的信号，以为一切都回到了从前。

宁国庆从屋里出来时，小鱼儿双手扑腾着，抱着他的脖子啃，他躲开，头微微后仰，灯光晃在他头顶上，新长出的头发有一些是白的。父子俩嬉闹着，笑得咯咯响，一起走向阳台。

秦小璐站在窗前，冲他们笑，嘴角咧开，如同张开陷阱，等待捕获猎物。她的手里，一根高尔夫球杆被高高举起，重重落下，玻璃碎裂，细密的纹路织成一张蜘蛛网，缠绕重叠，月亮成了猎物，困在网中。

怎么了？怎么了？宁国庆问秦小璐，其实他是在问自己，这日子怎么了？他身子晃了晃，努力站直，小腹却一阵痉挛，他挣扎几下，实在无力控制，便任由晚餐时喝进去的490毫升牛奶，穿肠而出。

一下，两下……球杆的金属头撞击着护栏与玻璃，尖锐的声响激活了秦小璐的记忆，电石火花间，她脑子里蹦出很多道算术题，彼此勾连，几个来回，有一个算式浮出水面：第二次赔偿和第三次赔偿的钱加起来正好是六万块。

宁国庆捂住小鱼儿的耳朵，他想逃走，可是裤子潮乎乎地粘在腿上，阻拦他离开，再说他也无处可逃。秦小璐去了卫生间，他听见里面传来水流声、呜咽声、擤鼻声。他站在玻璃窗前，每一片碎片都有他的一部分：一只眼、一截眉毛、半拉嘴唇、一道闪电……他破碎得如此彻底，却依然完整。

小鱼儿睡着了，在他怀里，胸脯微微起伏，他闭上眼，感受这个柔软生命的一呼一吸，周遭一片宁静，只有挂在衣帽架上的法棍包睁着眼，像屋子破了两个洞，深不见底，一切都有可能坠入。

吞 舟

一

渔船穿过浮冰区之后,便是一片宽阔的墨绿水面,远处的冰山上隐约有企鹅移动的影子,像一片模糊的黑白森林。四下很静,只有细心听,才能辨出拖网在水下一百六十米移动的声响。刚刚捕获的磷虾应该正在烤箱烘干,李涯这样想时,并非看到船上蓝色烟囱里冒出的白烟,他只是被清冷空气中夹杂的那股烤虾味给呛了一下。

凌晨,下一班海员来接班时,太阳还挂在天边,可李涯知道必须强迫自己睡一会儿。自从这几天进入极昼后,他就很难入睡,窗帘上又加了一层床单,缝隙处也堵上了,可还是不行,他的身体极度疲乏,头脑却异常清明。前天,他操作机器收网时,脑子里嗡嗡响,身体轻飘飘像离开甲板了，四下一片白茫茫，机械轰鸣声、海水咆哮声全消失了，他觉得新奇有趣，巴不得就这样游荡下去。渔捞长老罗却急得又吼叫又打手势，让电工大秦赶紧切断电源，大秦离得远，看不清情形，可他第一时间执行了老罗用手势传递的指令。机器停止轰鸣时，李涯的胳膊已跟着缆绳走到滚轴的边缘，只差几厘米，他整个人都会卷进去。

老罗噔噔噔跑过来抓住李涯的肩，左右摇晃，直到李涯从恍惚中醒来，他才长出一口气，微抬下巴，瓮声瓮气地让李涯回屋睡觉。李涯没打算听他的，从操作区出来后，他立在甲板上看空中掠过的信天翁，学它的样子迎着风闭着眼睛张开双臂。腋下凉飕飕的，身子也跟着哆嗦，他垂下胳膊，把手拢到胸前，隔着橘色橡胶手套机械地搓揉手指。有零星雨点砸落，李涯挑衅地张大嘴深吸气，冷空气像刀一样割向喉咙，他感觉气温应该比预报的零下十摄氏度要低。

发动机的噪声震得船舷微微发颤，老罗不停走动着提醒操作员注意拖网高度，起风了，要平稳些，千万别跟天气对着干。过一会儿，他用眼角的余光扫到李涯，便嘟囔道："怎么还没走？睡不着就去灌两口，喝迷糊了，躺下就着。"说着，从口袋里掏出个军绿色的俄罗斯小酒壶，拧开瓶塞，伸到李涯面前。

"一口下去，什么都妥了。"

壶口就在李涯的鼻子尖下，他闻到一股椰子奶的香气。他不喜欢这种软糯的味道，想避开，可味道却钻进了他的鼻孔，这次，椰子的轻盈香气消失了，变成了厚重的烟熏味。李涯好奇地接过瓶子，晃了晃，扁平的铜质瓶子里传出液体撞击瓶壁的哗啦声。

"尝尝，波本桶陈了二十多年，比你小子年纪都大。"

老罗盯着小酒壶，咽了咽嘴里的口水，他有点后悔把酒壶递给李涯，不会一滴也不剩吧。可李涯并没有喝，他把酒壶递回来时，嘴唇轻轻抿了一下，似乎是已经喝过了酒，正在回味。

老罗接过后，仰起脑袋，飞快地灌了一口，他让酒在嘴里停了几秒，才咕嘟一声咽下去，接着，他咂了几下嘴，晃了晃酒壶。二十多年海上生活，唯一能带给他安全感的声音就酒是在瓶里涌动的声响，他从来不让酒壶空着。

李涯是船员里唯一不喝酒抽烟的，船长好像也不喝酒，可他抽雪茄。上船前，船员都往房间里囤烟，有人从床上一直摞到了天花板，只有李涯，偌大的行李箱里，空空荡荡放台VR智能眼镜，是他"五一"时在京东上买的，花了两千多。这笔钱对李涯来说，不多也不少，正好是他春节时在度假村开了半个月冲锋舟的收入。有了这个游戏机之后，李涯便不怎么玩电脑里的游戏了，他随时可以穿戴好设备，进入虚拟世界。

老罗喝了酒后，声音洪亮起来，从下巴连到耳后的胡子都在抖动。他劝李涯要适应海上生活，而喝酒就是最好的方式。从李涯毫不在乎的神情里，老罗断定李涯是想借受伤逃走，他用厚实的手掌推了李涯一把："你小子以为会为了救你返航，不可能的！别说断了胳膊，就是被缆索甩瞎了眼，也得在船上受着。"几颗白色冰凌从老罗卷曲的胡子末梢上滑落。到这个时候，李涯才确定，刚才那件事是真实发生过的。在这个最接近世界本来模样的地方，寒冰覆盖了一切，包括真实。他时常出现幻觉，游戏与现实折叠。其中有个画面，他忘了是游戏中还是梦境中：他驾艘乌贼形状的冲锋舟，印着骷髅头的黑色三角旗在空中摇曳，他戴着浅灰色毛线头套，只露出两只眼睛，四下都是浓雾，无边无际，看不见岸。

对于老罗的告诫，李涯有些无奈，可也不屑去辩解。他不可能当逃兵，虽然跟他一同上船的几个年轻人都折返了——十天前，公司派来一艘货船运输渔获，他们都吵闹着要跟船回去，船长和老轨（轮机长）轮番上阵，劝了也骂了，都不管用，只好批准他们跟船回国。留下的船员中，李涯是唯一的年轻人，他不走并不是担心违约金之类的，而是因为这里是他一直心心念念想来的地方，他想不出还有什么地方比南极更安静，没有网络没有朋友，可以避开一切社交，安心玩游戏。他为了来南极，还拔了四颗牙，只因为体检时大夫随口说了一句，这些牙要是感染就糟了。他是排除了一切后顾之忧来的，怎么可能逃走？

唯一使李涯后悔的是他不应该上捕鱼船，机器声震得他没法合眼，还有烟囱里的烤虾味，没完没了地往鼻子里钻。南极的动物倒是不错，多数都是圆乎乎的，没有攻击性，可也没有防御力，遇到危险只会逃跑，关键是跑还跑不快。当然，除了海鸥，李涯没把海鸥当成本地居民，它就是一个掠夺者。这些天的航行中，他见过它偷袭幼企鹅，啄食海豹的腐尸，那双眼冰冷毒辣，不带丝毫情感，跟人类一样，为了生存什么都干。李涯想南极缺少真正的捍卫者，这要在游戏里，早就被强者瓜分了。他希望南极可以再冷一些，超出人类的极限，也不要有什么夏季，那样，捕鱼船和探险家都进不来。这些大得跟怪兽一样的捕捞船是永远装不满的，探险家则是骑在怪兽身上更为贪婪的存在，他们探出了什么东西，那样东西多半会被掠夺。

李涯躺在床上——房间只有六平方米，他身高一米八六，只有床上可以让他勉强伸展双腿。他住在甲板首层，下方是机舱，主机、辅机、螺旋桨，风机运行时发出的声响在他耳边轰鸣，即便是戴上耳机也盖不住。久了，他就把自己想象成海浪，与渔船对抗，这是一场声势宏大，需要意志力坚持的游戏：海想吞噬一切，船想抵达一切。他经常憋着一口气与假想中的渔船僵持,直到脸颊通红。

当真实的海浪袭来时,李涯就把自己交给它们,任由身体跌到地板上,再滚到桌子底下,行李箱贴着他的左臂,没有固定的椅子咣当咣当地在屋里乱撞,鼠标垫也从桌上滑了下来。浪头歇息许久后,李涯才从桌子底下爬出来,他刚才一直在看它底部的涂鸦,各种字体,除了中文外,还有英语、俄语,可能还有法语。李涯想起岗前培训时,船长说过,这艘捕鱼船是1990年德国给俄罗斯造的,后来俄罗斯卖给智利,几经倒手后,才到了中国,船长当时在黑板上写了一长串数字,说这是公司为了修复船花的钱,那串数字有多少个零,李涯没记住,他只知道经过多轮改造后,这艘跟六层楼一样高的船每天能捕像一座小山那么多的磷虾,船上的流水线日夜不停地处理这些渔获,烤干、磨粉,烟囱里的烟就没有停歇过。

小小的,跟指甲盖那么大的磷虾,就是这艘大船从青岛绕着地球跑了五十多天到南极来的目的,当然,中间也没闲着,路过智利外海时,停留了一段时间,去捕竹荚鱼。也是在那里,他们短暂上岸,李涯跟着几个船员进了一家水手酒吧,他印象很深的是,墙上嵌了很多块电子屏,上面播放着不同的内容。吧台上方的屏幕里,头上插着栀子花的比莉·哈乐黛正拿着话筒在吼:

Lady sing the blues，另一面墙上，正在播放世界杯开幕式，一群戴着金色口罩的女人在扭动身体。他喝了杯葡萄酒，过来一个智利女孩。"你能教我说几句中文吗？"女孩的搭讪方式很老套，可她的蓝色眼眸亮晶晶的，李涯掏出五十美元给她，让她陪自己出去走走。从布满电子屏的酒吧走出来，女孩拉着李涯穿过一排高大的棕榈树，来到一处集市，正是樱桃成熟的季节，紫红的果实上放着价签：一千五百比索两公斤，李涯换算了一下，只合人民币几块钱一斤。女孩手脚利落地称了一兜，两个人攀上一处台阶坐着，女孩挑了一颗大的喂给李涯，李涯偏过头，自己从袋里捏了一个，柄是鲜绿的颜色。这是李涯第一次吃这种水果，在度假村打工时，他见客人吃过，知道很贵，也就没动过买的念头。两个人都吃得很认真，女孩偶尔冒出一串西班牙语，李涯听不懂也就没有回应。水果吃完，两个人告别，女孩踮起脚吻李涯，湿润的樱桃味道，李涯紧闭着唇，双手垂在身边，克制了冲动。吻完后，女孩跟李涯要小费，他掏出一张早就准备好的十美元。那钱在买樱桃时，曾被他攥在手心，沾了汗，皱巴巴的，现在他急于摆脱什么似的把美元塞给女孩，动作有些粗暴，像是被纸币上汉密尔顿头像旁边的红色火炬灼伤了手。

回船上，李涯听到海员们大声交流在岸上的经历，谈论各自遇到的智利女人，他有点后悔自己只顾吃樱桃了，应该可以干点别的，可这后悔也只持续了一小会儿，当他戴上眼罩玩游戏时，就把这件事给忘了。

二

李涯还记得，第一次看见磷虾时的情景。轴承转动缆索，伴随着摩擦声，墨绿色的网从海水里升上来，白色浮漂后面，是沉甸甸往后坠着的猎物，没有挣扎，或许也挣扎了，只是因为微小而不被看见。那一抹粉红色倾泻进流水线时，李涯发现，除了捕捞网上层的磷虾肢体完整外，其余的都破碎了。

李涯用大力晃动渔网，想把沾在上面的虾弹下来，几只海鸥在他头顶盘旋，翅膀扇起的风扑到李涯脸上。他知道这些海鸥随时会俯冲下来，它们哦哦叫着，带弯钩的喙往前伸着。网上没有活虾，一只也没有。李涯放弃了可笑的拯救，转身离开，海鸥擦着他的衣服落下，他听到它们的喙碰触渔网的唰唰声，节奏紧密。那些细密的网眼里嵌满了虾泥，这也是海鸥一直紧紧追随渔船的目标。李涯想，在南极，应该没有比磷虾更卑微的存在吧，谁都用它果腹，而它唯一自保的方法就是让自己离开海水后融化消失，它这种自杀式的行为曾经让捕捞者很头疼，想出的解决办法就是在船上配置操作车间，第一时间冷冻或是烘干。老罗有次跟生产部的负责人吵架,抖着胡子骂:妈的,要钱不要脸,还不如只磷虾。

李涯欣赏磷虾的这种烈性子,要不是磷虾有这脾气,估计南极早成了世界人民的菜市场,谁都能来捞上一把。他用矿泉水瓶装了一只磷虾养在床头,叫它小默,玩游戏时,就让小默在旁边观战,隔着玻璃对它说:好极了!我的剑就是你的剑!要刺得快刺得狠!小默被声音吸引,顺着玻璃攀上水面。李涯冲它点点头,即便你没有脊柱,也要站起来。弱者才会用自杀来保护自己!

这天,李涯说的话比近三个月加起来都要多,可游戏结束时,他发现瓶子里没了小默的踪影,他把眼睛贴到瓶子上,才看到几块细碎的虾皮。小默不知道是怎么死去的,或许是在他战意最酣时,它悄无声息地就把自己化成了水。

李涯有点怒其不争,把瓶子扔进了垃圾桶。半夜,他起来上厕所时,钻到桌子底下,找了个空白处,用记号笔写了行黑字:小默死于2022年12月16日。

三

几千米外的海面上,一座锯齿形的冰山后方,挂着挪威国旗的捕鱼船正缓缓开过来,一个戴白色安全帽的船员在上层甲板上冲老罗招手。

"不就泵吸船吗，有什么好威风的！"老罗嘟囔道，侧过脸，装作没看见。

这艘南极海域上最先进的捕捞船，有一根泵插入水下的拖网里，跟吸管一样，不休不眠地把网里的磷虾吸到流水线里，这种渔船上的海员不用频繁地撒网收网，工作轻松，赚得还多，可老罗瞧不上他们，他对李涯说，这就跟绝户网似的，是要赶尽杀绝呀。

老罗从2010年开始跑南极，在附近水域有不少熟面孔，可李涯觉他只对喝酒感兴趣，对跟他打招呼的熟人，多半是敷衍了事，而且连带着还扯出几分不满。有一回，他提到几个名人——似乎是他的朋友，到南极后，不听他的劝，非得拎着几包吃的去长城站投喂，结果人家压根没露面，合影更是甭想。他摇晃着脑袋总结，这铁打的营盘，流水的兵，长城站换多少拨人了。条件越来越好，人情味也越来越淡了。紧接着，为了对比差异，他又说，早些年，他每回路过乔治岛时，站长都会鸣笛欢迎他。

老罗是登陆过南极陆地的，他经常提到的是乌克兰站，那里有家酒吧，里面挂一溜女人内衣，还有唱机和黑胶唱片。齐柏林飞艇的 *Immigrant Song* 听过吗，老罗哼唱起来，We come from the land of the ice and snow...

没人愿意听老罗讲那些事，船上多是老船员，见多识广，他们知道世界各地的码头旁都有专供他们花钱的酒吧。老罗说的那个地，根本不算什么，在这方面，老罗的见识并不广。李涯却是头一回听说，重点不是酒吧，而是这个酒吧在科考站。他喜欢听各个科考站的故事，高中时他最想考的是上海海洋大学，可最后只考了个大专。他不认可老罗的总结，科考站要那么多人情味干什么，那还怎么搞科研？老罗提到乌克兰站时表情有点暧昧，似乎还有话藏着没说。李涯想老罗原来也是个重情的人，只是他酒喝多了，拎不清色情和人情。李涯脑海里出现一幅画面：冰天雪地中的木屋里，一排形状各异的内衣在房梁间招摇，男人们对着它喝酒，听着摇滚，想象那些内衣曾经包裹的身体。他感觉远离陆地，人们似乎都变成了和磷虾一样透明的生物，在船上，海员们并不掩饰对性的渴望，电脑里下载的电影会在休息时伴随他们的身体。李涯曾在打扫走廊卫生时，从大秦虚掩的门里，瞥见过那一团团从帘子后扔出来散落地上的卫生纸。

李涯不太理解，这些年龄足够当他大叔的海员，怎么对性有那么大的兴趣。反而是他这个年龄的人都不怎么谈性，或者说，他们一直生活在一个高刺激强度的环境里，没觉得这事有什么稀罕的。李涯梦到过几次智利女孩，她在他怀里乱拱，他觉得有点喘不过气，就推开她，她伤心起来，湛蓝的眼球里涌出海水，海水里露出鲸鱼的尾鳍，鲸鱼吐出泡泡，圈起了一群粉色磷虾。女孩沉到海里，李涯以为她死了，可她很快又浮出海面，越长越大，成了一座冰山的形状。醒来后，李涯脑子里有个疯狂的念头：要是渔船撞上冰山沉没了，是不是就不用捕捞磷虾了。他头昏脑涨地去了趟卫生间，差点把尿尿在手指上，回来后，坐在床边的他突然起了保护磷虾的念头，这个想法在他胸腔里膨胀着，他一边觉得太荒谬，一边又被这个想法折磨着，仿佛南极所有磷虾的生命都附着在他的身上，无比沉重又无比喜悦。

重新躺在床上后，李涯知道，这个想法和他的其他想法一样，很快就会被忘记。

四

12月18日那天，附近海域有艘韩国渔船失火，大家抬头就能看到空中救援的智利飞机，中午，李涯在甲板上驱赶几只贼鸥，有架飞机在他头顶掠过，他看到机舱内的驾驶员在冲他眨眼睛。船长召集头头脑脑开会后，决定将原本一月一次的消防演习提前，就在当天下午，拉响警报，演习就开始了，灭火后是弃船逃生，大家穿上救生衣，在救生艇甲板集合，准备放救生艇。李涯分到的任务是放钢丝绳，他按照之前考海员证时所学的内容，检查了引线挂钩释放系统，艇降下来后，还钻进去塞艇底塞。起先，他们这一组的人都还正常参与，后来因为李涯的过分认真，其他人就停了下来，在旁边围观，为他执着于某个细节而诧异，续而又想到他的年龄，觉得他可能是在船上过于无聊，便随他折腾。直到他看起来要驾艇离开了，众人才喊：停停停。

那天晚饭时气氛很热闹，不仅因为演习，还有世界杯，最后一场决赛就要开始了。这一个月，因为没有网络，大家似乎都快忘了在卡塔尔还有么一场比赛，只是老轨会零散地播报一些信息——驾驶舱里有网络，他不是球迷，可嗜好赌球。有人提议投注，老罗掺和了一会儿，看到角落里的李涯，便过来问他怎么看。李涯说，没什么好猜的，必须是阿根廷，有梅西。李涯喜欢梅西的原因很简单，这是一个从小因为吃土豆营养不良，后来逆袭成功的男人。老罗说他十几年前见过梅西，小伙子当时还挺羞涩。他拧开酒壶喝了一口说，年轻人还是谦虚点好。李涯知道他想说演习的事，放艇时，他就看出老罗不耐烦了，催了他几次，最后他们小组连总结也没进行就草草结束了。

"又不是真的逃生，有些步骤打个马虎眼就过去了。"

老罗把酒壶伸到李涯面前，李涯推回去，咬了口馒头，上船前拔掉的是两边的智齿和磨牙，那位置一直空着。他不得不习惯慢慢咀嚼了。他没有反驳，用沉默回应。

大秦凑过来，用屁股拱李涯，热烘烘的，李涯像被针扎一样蹦起来，把座位让给他。大秦用手背揉鼻子，圆鼻头通红。李涯听见他用一种熟络的语气对老罗说："小李这孩子，遇事爱认真，也不太懂这船上的规矩，您多担待。"

老罗装作没瞅见他，还接着跟李涯说话，声音却高了几度，多了几分不满。

"看你今天那架势，是不是钢绳锈了，你还得举太平斧砍？"

其实在演习时，老罗就想教训李涯几句，这个年轻人，捕捞时神情恍惚，演习逃生时却比谁干劲都足。他有点看不透他了，可又挺欣赏他那种不讨好人的性子，有点像他年轻的时候，可也是这性子耽误了他，要不凭他的资历，船长这位置怎么会轮得上那个只会抽雪茄的大屁股坐。他本来也没想对李涯这么严厉，可大秦送上门来了，大秦是船长带上船的，为了他，还辞了之前的电工，那电工在这船上干了好多年了，跟老秦对路，两人总在一起喝酒。

隔壁桌有人找来纸笔，推开餐盘，押注开始，大家都走动起来，为各自力挺的球员争论起来。李涯被大秦堵在座位内侧，两条腿卡在桌椅之间，背后是墙，后脑勺的位置贴着节约粮食、保护环境的海报。从他的角度，可以看清餐厅里每个人的表情，这些人并非热爱足球运动，在岸上，也不见得会关心世界杯，可现在，每个人都一脸热忱，为了几千里外的球赛，争得面红耳赤，渔船上这样的热闹场面并不多，大多数时候是单调冷清的周而复始。

李涯想念清晨时安静的餐厅，他希望所有人都消失，包括老罗，他什么也没做错，逃生演习当然要真刀实枪地演练，他知道老一辈的船员都有与船共存亡的心气，弃船是他们忌讳提的，可这跟演习有什么关系？

看李涯脸色有点难看，大秦便急了，抢着话头想说几句，可他扮演的保护者身份很快被老罗戳破，老罗把酒壶重重地拍在桌子上。

"趁早把你那些歪主意给我烂肚里。"

"什么歪主意。"大秦微张着嘴，嘴唇有些发乌，他的眼圈也是这个颜色。

"这孩子是我招上船的，别整天苍蝇似的围着他转。"

要是别人这么说，大秦立马能翻脸，可是对老罗，他不敢。船员们都知道大胡子老罗手上沾过血，那时他才二十几岁，跑货轮的，有一回路过印度洋时，在离亚丁湾一千多海里的地方，索马里海盗用铁钩子挂着船，眼看着就要攻上船了，老罗操起鱼叉就把一个黑人给扎透了，当时那黑人身上还背着枪。

大秦用整个手掌揉鼻子，这次，脸和额头都红了。他劝老罗别生气，他只是跟李涯特别投缘，没别的意思。老罗没给他台阶下，说上次那几个小孩离船前跟他说过，大秦对他们动手动脚的。

大秦坐不住了，霍地站起身，说那帮孩子就是睁眼说瞎话，有本事当他的面来说，现在人走了，给他头上扣这么大一个屎盆子。他说话时一直看着李涯，像是在专门跟他解释。

老罗为证明那几个孩子所言不虚，又补充了几个细节，他也是在说给李涯听。他撕大秦的目的，倒不是泄私愤，大秦虽然对别人横，可对他倒是很客气，两人属于那种过得去的关系。可大秦要动李涯，就触碰他的底线了，这孩子是他去学校招的，几百人的队伍里，他一眼就看上了他，他有种直觉，这孩子天生就是吃海饭的，就是不爱喝酒是个缺点。

大秦原本想凭着自己跟老罗的交情，帮李涯说几句话，没想到，老罗把枪对准了自己，这是要把自己往死里拍呀。他蛮横起来，跷着小拇指骂，怎么着，你招上来的人，别人都不能碰。

大秦在脏话上的造诣很深，其间还夹杂着日语、英语。老罗不耐烦了，抡起胳膊就要揍他，有人把大秦拖开，李涯趁机离开餐厅，走出老远，还能听到里面乒乓直响。他越发坚定，以后少跟中年人打交道，特别是大秦，他仗着那次断电的举动，经常以恩人自居，有事没事都往李涯跟前凑，先是邀功，后来又说要罩着他。李涯躲在房里不露面，大秦就找各种借口来串门。有次他进来，李涯正斜倚在床上玩电脑，他抻着脖子过来看，过一会儿，突然转到床尾，弯腰把李涯的袜子抓下来一只，半张脸贴着脚面来回蹭，乖乖，连脚踝都这么好看。

那是李涯在船上头回打人，一拳就把大秦的鼻子打歪了。揍完之后，闻着拳头上血渍的淡淡腥味，看着歪在地上的大秦，他后悔自己打晚了，早点打就对了，现在他明白了，海上的人际关系说来也简单，跟游戏里一样，战斗力最关键，绝不能拖泥带水。大秦不死心，跪在地上求李涯，可怜可怜他，看在他救过李涯命的情面上，报答一下总可以吧。

李涯血往头上涌，又连着踹了他几脚。大秦用手抱着头，等李涯安静下来后，他抬起头，用手背蹭一把鼻子下面的血，细声细气地说：不怪你，这船上的人都知道，我是沙鼻子，一碰就流血。

大秦又问李涯的手疼吗，接着，他把腕上的手表摘下来，送到李涯面前，黑色底盘上蓝色指针闪着幽光。他的声音极温柔，像是耳语："拿着，戴着玩，这样的表我有好多块。"

大秦说话时，鼻子里的血流到了喉咙，一股腥甜，他顶着恶心，咽了下去，心里咒骂这小子下手真狠，可越是难啃的骨头，他越不想放弃。他知道李涯想要一块手表，这个年轻人的眼神曾经在他的手腕上停留过。这款百年灵的超级海洋，他买了两块不同颜色的，其中一块送给了船长。这一块，他本来没打算送给李涯，现在这个举动是被逼出来的。一般对于小孩，他是不肯下本钱的，最好是空手套白狼，可李涯不一样，不拿出点干货来根本镇不住他。在他看来，这即便是场交易，也是双赢的，李涯没理由拒绝。他几乎确信李涯会马上把这块手表套到手腕上，他的鼻血不会白流，他已经提前在心里鄙视李涯，有副好皮囊，就活该沦为猎物。

李涯扫了一眼大秦，推开他的手，去了卫生间，他把水开得很小，挤了一大摊洗手液，用力地搓，白色的泡沫覆盖了手上的血迹，他一直洗到指尖发白，才关了水龙头。回屋后，他戴上VR眼罩，握着手柄进入了虚拟空间。

大秦碰了壁，却并不当一回事。他把手表塞进口袋时，碰到里面的折叠刀，顺势拿了出来，架在自己手腕上，冲李涯说："做人不能太绝，你这是要把我活活憋死。"

李涯坐在床沿上，可屁股只搭了一个边，像是随时准备站起来。他身子一动不动，半张脸都笼在眼罩下，握着手柄的手指指尖压得通红。

"你他妈是个冷血！"

几分钟后，大秦收了刀，抓起桌上的纸巾，把鼻子下的血迹擦干，低头贴着门边离开了。

李涯摘下眼罩，竖着耳朵听，直到大秦的脚步声消失，才长出一口气，端起杯子灌了一肚子水，然后张开双手摊在床上，身子像是被压路机碾过一样松散无力。他知道自己的长相容易招人，招女人也招男人，这样的事多了，他更不爱跟人打交道了。他读大专那两年正赶上疫情，他每天戴口罩，也不跟人接触，安安静静地度过了大学生活。直到实习时，才有女生后知后觉地发现这株隐藏校草，她们评价李涯是粗犷耐看型的，五官深邃，有点像混血。关于这点，李涯听家乡掉光了牙的老婆婆念叨，他们龙山村的祖先是猎马人，发源地是胶辽古陆。小时候，李涯觉得那帮老人就是胡扯，直到前几年他在B站看了一个家乡的纪录片，才知道还真是这么回事，先人们以打猎为生，猎取一种叫大连马的动物，现在这种动物灭绝了，只留下六七千副牙齿化石堆在阴冷潮湿的山洞里。

细想起来，李涯觉得血统一说挺有道理，在龙山村，长成他这样的男人挺多的，可大家比的是干活的力气、跑动的速度、游泳的技术之类的，长相这事，基本没人提。现在龙山村成了旅游区，他们都搬到离海挺远的地方住，村民们也不太注重教育，孩子们长大了便一拨拨地出去，干的大多数是搬运工、快递员、服务员之类的体力活，熬到中年，脸上皮肤又黑又粗，额头雕刻一样的皱纹，大家的长相都差不多是一个样了。李涯跟他们有点不一样，他是读了书，考了海员证之后出来工作的，上的也是正经的大船。同村也有不少跑船的，在灯光船上钓鱿鱼，可没证只能干黑工，死了残了，老板赔点钱了事，这样的事一年总有几起。

想起龙山村的旧事，李涯胸口像压了一块石头，他转到沙发上，扯开舷窗的帘子，将额头抵到玻璃上，微凉的触感让他体内的燥热平息下来。从他的角度，窗外除了明晃晃的白，看不到大海与冰山。李涯闭上眼，任由意识蒙眬，身体越来越轻，越来越小，从舷窗的缝隙逸出，一直往上，地球在他脚下转动，很快，他看到了龙山村，整个村子都拆了，妈祖庙红色的院墙、飞翘的屋檐都倒在地上，以前挂满咸鱼的屋顶也成了碎石块。不远处，就是海，礁石在暗夜里闪着光，银河里像有水在流淌，星星喝饱了水，沉着肚子往地面上坠，只差一点就砸到他了。他用双手托举着星辰，艰难地迈向大海。

五

甲板上传来一阵喧哗，哗啦啦——又有数吨磷虾流入生产车间。

李涯在轮岗时去生产线待过，机器的缝隙里塞满鱼肉碎屑，要用高压水枪才能清洁干净。工人们穿着灰色防水背带裤，站在生产线旁，对着不断涌入的渔获，按各自职责重复同一动作，李涯负责挑拣，盯了两天磷虾，眼睛都花了，看什么都带粉红光晕，他也是头回知道，南极的海底除了磷虾之外，还有一种长得像小狗的鱼，牙齿尖尖的，很凶狠的样子。李涯揉着发涩的眼睛想，猎马人的后代跟先人干的活也没差多少，只是打猎的方式变了，大连马灭绝，就捞磷虾，人类就这样一辈一辈地活着。李涯觉得这世界上的所有城市都有一条流水线，农村孩子就跟小鱼虾一样，喝着风就长大了，长大了就能干活了，然后他们就被各种网捕捞，投进流水线。上卫生间时，李涯用水泼镜中的自己，他高挺的鼻梁模糊了，过一会儿又清晰了。他挺直腰，擦掉工服领口处溅上的几点虾泥。回流水线前，他从镜中看到自己的侧脸，长得好看有用吗？能蹦出这网吗？除非把网撕破了。

一周之后，网真破了。是头十几米长的座头鲸，漆黑的身体拍打水面，掀起的白色浪头吞吐着渔网的浮球。老罗喊着，快收网快收网，可已经晚了，它潜到水底将渔网撕开一道口子，大嘴贴着那破洞处，将磷虾吸入。李涯站在高处的操作台上，透过翻滚的白色水泡，他隐约看见鲸脑袋上的肉瘤在轻轻晃动，黑色大嘴里那两排整齐的灰色鲸须也是他从未见过的，像高悬的卷帘闸门。鲸正在耐心地吸吮网中的磷虾，这是一场优雅的盛宴，虾群不是被吞噬，而是在热烈地奔赴，闸门背后的未知在吸引着它们。李涯出了神，鲸的嘴比梦中见到的还要大，他想到了关于猎马人的传说，他们不仅能够驯服飞驰的骏马，也能乘舟进入巨鲸的嘴巴，将绳子系在他们的鲸须上，驾着它在海上冲浪，还与巨龙搏斗……

那真是他生活在山洞里的祖先吗？李涯不相信，很多传说都被篡改过，比如把龙的故事嫁接到鲸身上。鲸那种慢腾腾的个性，身上连一处棱角都没有，攻击全靠体重甩，这要在游戏里，都活不过十分钟。李涯突然有个冲动，他想驾艘冲锋舟，从高悬的鲸须下穿流而入，把鲸的口腔变成作战指挥室，带着这个大家伙去统治海洋，首先，把捕捞船都给轰出去，以后，南极的磷虾只能海洋生物吃。

所有人都跑上甲板看热闹。随船搞科研的一个博士拿着相机，探着身子找角度，他挤到李涯身边说："让让。"李涯便侧身，让他把相机举得离海面更近些。博士戴着黑框眼镜，圆下巴，脖子很短，基本没有系围巾的空间。他边拍照边跟下边一个金发女人说话，那个外国女人，李涯也见过，是什么国际组织派到船上的观察员，每天拿个小本本记录捕虾数据，举着手机拍他们工作的场景。吃饭时，她跟博士坐在一桌。梅西夺冠后，她还哭了，她支持的是法国队。李涯觉得博士、外国女人跟这艘船不搭，他们时刻提醒着他，这个世界，有不同的生活方式。

女人在甲板上待了一会儿，就跑到驾驶舱找船长，比画着说了些什么后，船长便呼叫老罗过去。老罗一进门大声嚷嚷："你们没看出来吗，这大家伙是存心搞破坏，吃饱喝足，就该走了。"船长绷着脸，眼微微闭着。老罗进来时，他只在座椅上挪动了一下屁股。船在海上航行一天，他的心就不能落下，他经历过几次大难，幸好都活了下来，他曾在极光中许过愿，想平平安安地干到退休，这是他退休前的最后一次出海。外国女人来自新西兰，凭一腔热情，应聘到南极国际组织当统计员，她对捕捞并不在行，这些天在船上的工作也太过乏味，此时，好不容易遇到一只鲸鱼，她从情感上、心理上都有一种类似于责任感的冲动，想表达一下自己对保护海洋动物的热情与真诚。老罗说什么，她听不懂，只是耸耸肩，又冲船长重申了一下公约里的保护条款。船长又挪了挪屁股，示意老罗去解决这个麻烦，他正在列三个月后回国的退休仪式宾客名单，有几个领导，他拿不定主意要不要请。老罗咳嗽两下，抖抖胡子，不耐烦地带女人去工作区检阅。这回，老罗说的是英语，他跟她讲捕虾网的结构，有传感器，还有逃生口。"你放一百个心，这网专挑虾米吃，伤不着大家伙半根毫毛。"说到关键细节时，老罗转回中文，女人耸耸肩，一脸惘然，不过，她全程开着摄像头，待会儿她可以让博士给她翻译。

老罗是对的，座头鲸吃饱了，喷出几束水雾，尾巴一摆游走了，无数磷虾追逐在它身旁，像它的护卫队。李涯一直追随着它们的身影，他似乎很能理解磷虾的心情，虽然座头鲸与捕捞网都是它生命的终点，可两者还是有区别的，等到鲸死了，磷虾也能吃它。在这个意义上，它们是互为食物的。

李涯几次扭头去看博士，想能跟他打个招呼。这艘船上，只有他们两个是同龄人，当他在风雨中起网时，这个博士在干什么呢？听说他有一间独立的实验室。他轻轻碰了下博士的胳膊，可对方没有领会到他的意图，只是不情愿地把身子挪动了一下。李涯的心跳快了几拍，他也把身子挪开了一些，他注意到博士的手指很粗很短，指甲很干净，没有倒刺。

李涯开始干活了，补网，网眼很小，不能戴手套，老罗催促着赶紧干，雷达显示这水下还有大片磷虾，这耽搁的时间全是钱。李涯的手快冻僵了，抖得握不住线。下了小雨，他的指尖变得惨白，手腕晃动得厉害，有些绳子的碎屑扎进指腹，隐隐地疼。他是农村孩子，不怕吃苦，可他又不同于前辈的农村人，还不能完全把身体的感受抛开。他甩甩手，拿上手套，扭头走了。老罗抬头,看了他一眼,又把眼转到别处。其他海员都在埋头干活,对周边也不在意。

李涯在织网时,一直隐隐觉得有个声音在跟他说话,像武侠小说中的千里传音之术,空灵幽静。现在他朝船尾走时,那个声音便清晰起来,像一群人在表演,有长长的叹息声,有咯咯的笑声,有急促的喘息声,这些声音随着海浪起伏绵延,将李涯包裹,他扯掉帽子,把耳朵露出来,屏住呼吸去捕捉,雨打在耳朵上,像刀片,耳朵很快失去了知觉,声音拖着长长的影子渐渐消失了。

李涯躺在床上时,又听到了那声音,现在他确定那是一首歌,变幻莫测的曲调透过舷窗击打他的耳膜,他用瘦长的中指在床板上打节拍,他能清晰地忆起那只座头鲸尾鳍上白色的花纹,像两朵山茶花。他自信,即便是在鲸群中,他也能一眼认出它。

六

船长召集管理层在驾驶舱商议了许久,主题是如何驱逐那只座头鲸。这艘船已经一天没开工了,那只座头鲸像个江湖大盗,盯上了这艘船,只要下了网,便过来捣乱,非得把渔网弄破,把磷虾吸走不可。它对这庞大的渔船毫不畏惧,即便有很多船员挥舞着竿子,发出怪声想驱赶它时,它的泳姿也没有半点凌乱,依然是噗哇一声喷起水柱,风把水雾吹散,弥漫到船员面前,像一阵小雨。它围着船转圈,时远时近,黑色的脊背拱起像座孤岛,尾鳍扬起来时,又像是海面升出的一把弓。船员们看了一遍又一遍,还是忍不住惊叹它的雄伟,找各种角度给它拍照,后来船长发了脾气,看热闹的便少了,只有李涯还静静地立在船栏处陪伴着它,有一回,它仰头出海面,用足球一样大的眼珠子看李涯,李涯注意到它眼睛上方有一道长长的疤痕。李涯几乎确信它在向他传递的信息与悲伤有关。那天晚上,在失眠中,他更加坚信了这个他得到的讯息。

船开始驶向48-2区(这也是南极管理协会划定的捕捞区),那里有更多的浮冰和企鹅。船长用望远镜观察前方,多年的航海经验没有让他变得果敢无畏,而是更加小心谨慎。他本想避开这片区域的,2016年,他的船曾困在此处,三十多名船员苦守四十五天,后来用炸药炸开冰层,才得以逃离。可如果不来这里,又去哪里甩掉那只鲸呢?他相信自己的直觉,这是一只遭遇了不幸的鲸,它的歌声哀怨阴森,如同来自大海深处的诅咒。他想起了二十多年前,他在沪高客轮上当船长,曾在望远镜里看见一只受伤的江豚,在水面上垂死挣扎,他能清晰地看到它背上被螺旋桨划伤的伤口。那时,他对这些动物是同情的,看到江豚跃出水面,会减速绕行，可是多年的海上生活改变了他，他的同情心早就用光了，他觉得一切皆是命，不公平是早就注定了的，做得再多也是徒劳。

深夜，船在浮冰间行进，有几次，船身倾斜得厉害，李涯的VR游戏也没法继续下去了，他扔下手柄，随便套件衣服，走上甲板透气。太阳还挂在地平线上，可显然不如白天那么明亮了。他路过餐厅，看见几个船员挤在一起玩牌，间或爆出几句粗口。再转个弯，便看见老罗站在舷梯上检查设备，他靴子顶部的黄铜闪闪发光。老罗见到李涯，知道他又失眠，便把他的酒壶递过来，李涯发现酒壶底部瘪了一块。

"那孙子再纠缠你，告诉我，我收拾他。"老罗说，"你那天没看见我怎么揍他，那孙子头还挺硬，就是可惜了我的酒壶，跟了我二十多年。"

海面上传来一声悠长的叹息，那声音如渔网般密密匝匝，猎取了这雪白世界的安宁，岸边几十只企鹅排成一列，探着脑袋盯着声音的出处。

"妈的，还是跟来了！"

老罗的脸色突然变了，他捏紧了拳头，朝栏杆上重重捶了一拳，急匆匆地朝驾驶舱走去。走在中途，拍一下脑袋，又掉转身，从李涯手里取回了酒壶。

李涯知道船长和老轨一直待在驾驶舱里，刚刚他还看见厨师用托盘端了几碗鸡蛋挂面送进去，鲸歌会继续让他们没法安睡，真正需要酒的是他们。

那几只贼鸥又来了，扇动着翅膀，试图从甲板上偷点什么，李涯吹着口哨，伸开双臂驱赶。它们和海鸥一样，跟随渔船有段时间了，每次起网时，就会从天上俯冲下来抢食磷虾，有一回，还差点落到网里，可它们毫不退缩，越战越勇，现在已经不把船员放在眼里了，要是遇到落单的船员，甚至会组织偷袭。李涯总结出最有效的驱赶方法，就是要凶猛，在气势上压倒它们。在大秦这件事上，老罗是低估了他，他自己能处理得更好。老罗打这场架，完全是多余。现在全船的人都用一种猎奇的眼神看他，他从来都不想成为任何人保护的对象。

打发走贼鸥，李涯开始在海面上搜找那一声叹息的主人，什么都没有。那跟棉花糖一样的浮冰将大海弄得跟天空一般迷蒙。过了一会儿，叹息声又传了过来，这回近了些，声调也有了变化。李涯想，这要是在龙山村，他早就一个猛子扎到水里去了，要想知道海里发生了什么，至少得到海里去呀，这一大船人，就只会对着探测仪器、航海地图、通信器材这些东西讨论，这事多简单哪，到鲸跟前看看不就知道了。他转到逃生艇那里，思量了一下，凭他一个人的力量，肯定是没法放艇的，除非找几个人配合，可这船上，跟他想法一致的，估计一个也没有。

船猛地往右舷侧了一下，有人在惊呼："撞晕了！

撞晕了!"李涯飞快跑到左舷处,只见座头鲸在离船十几米的海面上漂着,好像失去了知觉,一浪又一浪的海水托着它的身子忽高忽低。李涯两只手紧紧攥着栏杆,手臂有点颤抖。过了一会儿,海面平静了,鲸鱼的头微微动了一下,它醒过来了,似乎是想试试对身体的控制力,它高高地跃出海面,这一次,李涯看清了它整个的身体,它的腹部是白色的,肢鳍很长,背鳍很短,身体跟头部一样,被大大小小的藤壶占领着,它的身体在空中扭了一下,然后重重地落下,锯齿型尾巴掀起的白色波浪许久才平息。

"疯了吧,这要是小船,大家全得完蛋!"

看见鲸活过来了,船员们的愤怒便压抑不住了,大家的收入都与捕捞磷虾的多少有关系,这鲸鱼带吃带撞,少捕的磷虾至少也有几十吨了,这损失的都是钱。船员们三三两两地聚在一起发牢骚,大秦细细的嗓子格外尖厉,他说,日本有专门的捕鲸船,船头有发射枪,几分钟就能弄死一条鲸鱼。"他们连怀孕的鲸鱼也不放过,鱼叉里放着弹药,只要射中了,轰一下,就把鲸炸死了。"

沉默。

有人用鼻子轻轻地哼了一声。是老罗,他拍打着栏杆说:"大秦,脑子被我打坏了吧,别忘了,咱们是中国船,你在日本船上看到的,甭跟这儿说。咱们中国人干不了那种事。"说着，又扭过脸问大家："你们知道咱们老祖宗在海上见了鲸鱼怎么办吗？"

大秦反驳道："有病，那都是迷信。现在谁还拜它？"他额头上的伤口还没好，贴着创可贴，胶有点不黏了，边缘翻着。

老罗摇摇头："没说让你磕头跪拜。说的是传统的事，咱们血脉里就没那个基因，就是真让你下去把这鲸鱼给杀了，你下得去手吗？"

李涯扭头看了一眼老罗，他的胡子依然是乱糟糟的，有一角衣领还窝在脖子里，没拉出来。可李涯觉得在这艘船上，只有他说的是人话。李涯家几代人都是渔民，爷爷打了一辈子鱼，以前出海时总要往水里撒点米，也从不伤害海鸥。渔船是在他爸爸这辈手里失的，上头不让打鱼了，让转旅游业，整村搬迁时，妈祖庙也拆了。猎马人的后代就这样失了海洋，也失了妈祖娘娘的庇护。

博士跟外国女人翻译老罗说的话，那女人连连点头。

一位坐在舷梯上的海员大声说：那也不能让它欺负我们哪，我们大老远地跑这冰天雪地来，不就是想多挣点钱吗？这干耗着算怎么回事？

船长从驾驶舱出来了，他挥手让大家安静，说马上就会恢复捕捞。船员们算的是个人收入的小账，他权衡的是大账，这船运行一天，要耗十几吨燃油，各种支出加在一起，要十几万元，光这趟出海，已经花了六百多万。现在正是捕捞的黄金时段，不能再错过了。刚才他抽了三根雪茄，明确了思路，完成预定的捕捞任务是此次出海的目的。他在水上干了一辈子，谢幕也要圆满，满载而归是必须的。他有点后悔太在意那个外国女人的监视了，她懂什么？只要他所有操作都在规则之内，不被她抓住把柄，就没必要束手束脚。

渔船速度放缓，甲板部的组长大声吆喝着值班的船员准备下网。船长、老轨、调查员、老罗等人又在驾驶舱商议了许久，等他们从里面出来时，都是一脸疲惫，估计是争论了一番，外国女人的脸上有些微怒。老罗招呼李涯和几名轮休的船员准备放艇，不是救生艇，而是那种充气的冲锋舟。大秦凑了过来，说他跟船长请示过了，要一起下海，老罗只好点点头。外国女人和博士也想上船，老罗冰着脸拒绝了，两人也不离开，只是垂手立着。李涯跟老罗说，让博士上来吧，他搞研究的，说不定能帮上忙。老罗便冲博士招招手，让他麻利点穿救生衣。

冲锋舟上一共五个人，除了老罗，其他人都有点兴奋。在南极，船员离开渔船的机会很少，他们经常看到观光船上的游客坐着艇上岛。换了个角度看冰山，大家都很新鲜，感觉它们比之前更高大了。冰峰上留下的是风的身形，一个柔和的坡面必然伴随一道陡峭的断崖。

有一块高耸出水面的浮冰上，有只海豹在扭动身体，黑色胡须抖动着，细看原来是在啃食冰面。这些，在几十米高的渔船上是看不真切的。

李涯负责驾驶，老罗坐在他旁边调试对讲机，过一会儿，听到老轨呼叫他们，说鲸在六点钟方向，距离约两海里。李涯想来个全油门起飞，老罗皱眉，嘱咐他压低速度，先预热下发动机，另外，他还有几句话要交代大家。老罗的语气有些低沉，他让大家检查一下救生衣，这只鲸脾气比较急躁，大家要做好最坏的准备。

"怕它？"

大秦从裤兜里掏出把折刀，黄铜被磨得很亮，李涯瞥见上面的纹路眼熟，过一会儿才想起来，那天大秦要割腕用的就是这把刀——那天，他根本没开VR，眼罩下面也留了缝隙，盯着大秦的举动。

老罗微眯着眼去瞅，这是一把改良过的西班牙纳瓦霍折刀，刀柄是弯的，上面有背锁，能飞快地将尖刀弹出并固定。老罗有些后怕，要是那天大秦掏出这把刀，他身上得多个洞，可他故意说，什么破刀，给鲸鱼挠痒都不够格。

大秦将刀弹出扬了扬，想说什么忍住了，将刀胡乱塞回口袋。

老罗扫了一圈大家，目光落在大秦身上："丑话说在前面，谁要想在鲸鱼身上扎窟窿，我第一个就不放过他。"

前方，鲸鱼黑色的背脊显露出来，近了，能看到上面密密麻麻的藤壶。老罗让李涯把冲锋舟控制在距它五十米左右。李涯收住油门，他在脑海里帮鲸规划路线，往前走，对，往前走，别回头。他希望这只鲸能游去别的地方，这样，他们就不用驱赶它了，他不想像驱赶贼鸥一样对待鲸，他能读懂它的情绪，歌声、眼神，这让它区别于一般的动物。冲锋舟在海面上起伏，他看到大秦将身子往外探，他在跃跃欲试，如果他手里有一把鱼叉，他一定会掷出去的。李涯恨这种人，他活着似乎就是为了掠夺。

大秦不停地揉鼻子，身体因为兴奋而发抖，他从来没有离鲸鱼这么近，他一直有征服鲸鱼的梦想，干掉世界上最大的动物，是多么牛逼的事。有几次，他差点就要掷出折刀了，在日本渔船上的所见所闻激励着他，可老罗的眼神几次扫过他，他只能按捺住内心的狂热。

十几分钟后，鲸掉转方向并加快游速，朝一座三米高的梯形冰山游去，李涯加大油门想跟上去，老罗按住他的手，示意他退后，直到冲锋舟距离冰山一百多米外，老罗才做了一个停止的手势。眼前的一幕让船上的人都屏住了呼吸，只见鲸黑色的身体与蓝色的冰山撞击在一起，冰山顶端出现几道裂缝，冰屑飞溅。鲸似乎对这次进攻并不满意，又发起了一次猛攻，它挥舞着长长的胸鳍，身子高高跃起，尾部重重地拍打在冰山上。轰隆隆——冰山裂开，坠入海中，很快沉没。几分钟之后，一座冰山消失得无影无踪。

短短一个小时，鲸撞毁了三座冰山，最高的一座冰山约有十几米，顶部是不规则的波浪形，鲸撞了十几次才把它的头"按"进海里。一群海鸥聚集在空中，发出哦唔、吱等各种声响，像是在商议着什么。鲸累了，漂在白色浮冰中一动不动，像一块巨大的黑色浮冰，刚才那个疯狂的破坏者消失了，只剩下一个低声吟唱着伤心小调的歌者。

李涯紧握绳索的手慢慢松下来，他感觉这帮人挺多余的，包括他自己，偷窥，驱赶，算计，可这是海洋，归根结底是动物的地盘。在这方面，人真的够无耻的，他有种冲动，想驾着冲锋舟飞起，出一口胸中的郁闷之气。可老罗的手搭在他的手背上，他的任何举动都在他的控制之下。

李涯憎恶一切限制他自由的人，可又不能摆脱，只能静静等待。鲸的身子沉到了水下，李涯想，它这么用蛮力，肯定累坏了。李涯喜欢这只鲸，特别是它发脾气砸东西的霸气。他又看了一眼老罗，有点捉摸不透他，他到底想怎么办？刚刚他们都遭遇了险境，那座冰山坠落的冲击波很大，几秒钟时间，翻滚的浪头就卷到了冲锋舟边，要不是李涯反应快，调整了冲锋舟的方向，将船头对准了浪头的方向，只要稍偏一点，估计现在大家都得在海里漂着。从这个角度说，是他救了大家。他想大家都明白这点，只是这个节点，谁也没心思说道谢的话来。

大秦冲锋衣上的水还在流淌，坐在船头的他，半个身子都被卷进了巨浪中，他以为是李涯在存心报复他，缓过来后就去抢李涯的操纵杆，冲锋舟因为他的走动晃动起来，他用胳膊肘顶李涯。

"你他妈会开吗？差点翻了！"

老罗拍拍大秦的肩，让他回去坐好。两人目光对视了足足有一分钟，大秦骂骂咧咧地回了原位，被海水拍打过的脸一片苍白。

对讲机的信号出了问题，全是杂音。老罗调试了一会儿，索性放弃了。他掏出小酒壶喝了一口，然后晃了晃，听声音应该只有半瓶，这回，他没有递给李涯。大秦的身子开始发抖，牙齿咬得咯吱响，坐在他身边的博士，抬了抬屁股，离他远了些。

起风了，夹着小雨，冲锋舟旁边的浮冰越攒越多，鲸鱼摧毁的几座冰山位于海湾处，本来有一定的屏障作用，现在沉入海底，这一处的风速也有了改变。不知从什么时候开始，岸上的企鹅越聚越多，零星的黑点连成了一片，它们蹒跚走动着，左右翻滚着，好像有点躁动不安。李涯注意到左舷外有个东西格外亮，他侧着身子够过来，是一块鸭蛋大小的黑冰，边缘锋利，李涯握了一会儿，把黑冰放进口袋。

老罗没有折返的意思，他拿着望远镜观看鲸的动静。雨大了起来，还夹着冰雹，风推动着海面，冲锋舟有些摇晃，大家攥着安全绳的手都湿了。海鸥越来越多，黑压压一片，在上方盘旋，那只鲸像是睡着了，在其上方有大圈波纹向四下扩散。李涯从老罗手里拿过望远镜，欣赏冰山的倒影，他喜欢倒影，远胜冰山。在东南角，他发现一个像马的倒影，大连马，他的脑海里蹦出这个词。望远镜拉到近处时，他看到有只手正哆嗦着从海里抓起一块浮冰，蓝色的冰闪着光。李涯移开望远镜，看见大秦正将这块冰砸向鲸鱼所在的方向。他虽然冻得不轻，可臂力还是挺好的，那冰块落水处虽然离鲸鱼挺远的，可也制造了响动，如同回应似的，远处有冰山断裂声传来。很清脆，像撕裂了一块布，李涯再举起望远镜时，发现那匹马缺了一条腿。

鲸鱼黑色的脊背终于浮出水面，这次，它非常果断，径直朝渔船的方向游去。老罗倒吸口气，心里恨不得把大秦给宰了。他看了眼手表，估算出这正在收网的时间。他要做的是不能再让鲸鱼捣乱了，至于用什么办法，他心里并没有确定的答案。船长只是交代他不许鲸靠近渔船，至于怎么做，这是给他的发挥空间，同时，也是给他挖下的坑。他又摆弄了一下对讲机，还是杂音,他怀疑船长故意切断了信号。

老罗把目光投向李涯,他个高,操纵时只能微微弓着腰,可这丝毫没有影响他的灵活性。他驾驶冲锋舟时,手臂放松,肩头也没有耸起,如同在骑一匹马,海水在他身上奔腾,心甘情愿地承载着他。

冲锋舟上很静,所有人都在等老罗的决策,他又抿了一口酒,拍拍李涯的手背。

"你想全力飞?"

"嗯。"

"这是南极,满是浮冰。"

"不怕。"

"飞吧!记住,你唯一的观众是鲸,把它吓跑就行。"

李涯仿佛一直在等待这一刻,他手臂稍用力,冲锋舟像出鞘的剑一样在海面飞驰,在它身后,拖着一条翻滚着泡沫的蓝色尾翼。李涯大专读的是船舶轮机专业,学校并不教驾驶快艇,可他爱好这个,暑假跑去度假村兼职时,学会了驾驶快艇,还花钱考了照。他能在很短时间内装配好一只冲锋舟,还可以驾着冲锋舟在海上自由旋转,这都需要极强的控制能力,可李涯觉得很轻松。他从小就玩这种驾驶类游戏,手指练得很灵活,狂奔起来,很少有人能超过他的速度。

有浪打过来,李涯收了一点油,到浪坑时又加油冲上浪尖,他掌握着这种节奏,不让自己停留在浪坑里,而是一直要冲到浪尖上。他一向很专注，现在更是调动了全身的感官，去感受每一朵浪头，顺着它的坡度攀爬。他微微收着下巴，压抑内心的亢奋，不得不说，在南极开冲锋舟，是非常梦幻的，即便是模拟得非常逼真的VR游戏，也不及这种震撼的万分之一。如果可以交换的话，李涯甚至愿意减少生命来延长这种感受。浪更大了，他度量着螺旋桨拨开海水的阻力，用更灵巧的手法调节油门。有人在呕吐，有人在咒骂，可他不想停下来，如同来到了熟悉的游戏世界，他行到了世界的尽头，身后是一头巨鲸，他要为它表演，像一个朋友对另一个朋友所做的，他没想过驱赶它。

李涯压低身子，稳了稳，准备旋转，浮冰对他的计划造成了一点阻力，可他并不在意，这个平时不爱说话的男孩，此刻就像变成了另外一个人，他的脸和指尖都是苍白的，水珠从他的红色冲锋衣上滚落，雨已经停了，这是浪花溅起来的。他深吸一口气，双腿微微分开，手臂轻抬，手柄滑动，加速，转向，只是一眨眼的工夫，冲锋舟在海面上旋起了一朵巨大的浪花，以此为轴心，第二朵浪花、第三朵浪花依次绽放。

冲锋舟激起的巨大波涛引起了附近几座冰山的坍塌，海面上接连传来轰隆隆的巨响，海鸥受了惊吓飞速逃窜，又不舍得远离，停在一座冰山的高处远远观望。几只海豹从浮冰上扭动身体，钻入水中，向岸边游去。

企鹅停止了看热闹，排成一列，扑通扑通地往海里跳，捕食因冰山坠落而涌出水面的小鱼虾。

"你这是想弄死老子！"

冲锋舟稍作停歇时，大秦冲了过来，一拳打到李涯背上，他本想趁李涯回头的瞬间，给他一刀，那把刀已被他握在了手里，可老罗握住了那把刀。

李涯回头时，首先看见的是大秦狰狞的脸，他应该是呕吐过，嘴角还挂着黏稠的汁液。紧接着，他看见了老罗流血的手，还有一把锃亮的尖刀，刀握在老罗手里。老罗疼得直吸气："王八蛋，你自己没出息晕船，还赖别人。"

博士和另一名船员拉住了大秦，他开始骂人，在他夹杂着各国语言的诅咒中，李涯知道刚才他差点掉到海里。李涯暗自开心，想大秦这种人不管遭什么罪都活该。老罗顾不上包扎伤口，举起望远镜寻找鲸的身影，他希望经过这番折腾，能让鲸改了航道。

海面恢复了平静，老罗没有发现鲸的身影，他命令李涯往回开，这时候，他才开始处理伤口，刀很利，幸好隔着手套，没有切到筋骨。他把手包好后，冲大秦扬了扬，把刀扔还他，李涯想拦截，慢了一步，刀落在大秦脚边，他捡起来，握在了手里。

在渔船上，海员打架是常事，密闭的空间，躲都没法躲，可动刀子的并不多见，老罗知道大秦路子野，胆子大，可没想到，下手这么狠，那把刀要是扎到李涯身上，这孩子还能开冲锋舟吗？他有点后悔把刀还给了大秦，当时是有点惯性了，没想那么多。李涯的手握着把杆，眼却落到很远的地方，嘴角微微上扬着，有点恍惚的样子，似乎与周边隔着一层纱。老罗提醒自己，安排值班时，要把大秦和李涯分开。

对讲机恢复了通讯，船长传来信息：鲸正在向渔船左舷靠近，七点钟方位。李涯不等老罗发话，便掉转了方向。他想，鲸竟然绕开了他们，这证明，他们刚才的行动是有效的。

大秦要求老罗把他送回船，他浑身都湿透了，不想再跟着冲锋舟折腾了。他原本想着，正面跟座头鲸干一仗，他都想好了，把匕首绑在划桨上，多少能扎上几刀。可没想到，老罗只玩花活，就跟放焰火吓怪兽似的，陪小孩玩呢。老罗让大秦忍耐一下，他举着受伤的手说："我这儿也流着血呢。"

大秦连揉鼻子的力气都没有了，他梗着脖子说："我也没想真扎，就是吓唬他一下，谁知道你会伸手。"

七

他们是从变红的海水里发现异样的。浮冰在血水里变小消融，冲锋舟的行进速度也越来越慢，空气中飘浮着浓重的血腥气味。李涯似乎预感到了什么，用手压住怦怦乱跳的心脏。大秦则兴奋地向前探着身子。老罗裹着纱布的手稳稳抓着安全绳。博士将鼻子埋在冲锋衣的衣领下，他的眼镜在刚刚的高速行驶中滑落海中，现在世界在他眼中一片朦胧。

在冲锋舟离鲸五十米时，他们看清了，血是从鲸头部淌出来的，也只有它，能有这么多血，可以染红一大片海水。舟上很静，大家都在想同一个问题：谁伤害了它？老罗第一个想起了船长，怀疑他偷偷派了另一队人下了狠手，可再一细想，又不可能，还有几个月就退休了，他没必要弄得自己不干净。那么是谁呢？这附近并没有其他船只通过，除了天上飞过的飞机，便只有一直挂在天边的太阳。他瞄了一眼手表，时间是傍晚六点半。

大秦扭着身子，取出一支桨，将折刀固定在上面，他将这把自制的弯刀握在手中，去戳海里的浮冰，他想只有鲨鱼才能将鲸伤成这样，看这伤口那么新鲜，鲨鱼一定没走远。他一边戳一边骂，似乎并不在意可以戳到什么，鲜血让他有点癫狂了，冲锋舟也跟着他的力道前后晃悠。李涯有点后悔刚刚没把他甩下水，他在游戏中碰到过这种人，嗜血、暴力、不分对错，对这种人，没别的法子，只能比他更凶狠，揍到他爬不起来为止。

老罗在用望远镜观察那只鲸，每当那伤口露出海面时，空中盘旋的近百只海鸥就像片乌云落在上面，有倒钩的喙啄着鲸的两只喷气孔，小脑袋一上一下，几百条小溪流就顺着鲸的身体向下淌。他把望远镜递给李涯，拧开瓶盖，喝干了最后一滴酒。这显然是一场预谋已久的狩猎，即便是海洋最大的霸主，也逃不脱阴谋家的诡计。

杀戮持续了许久，鲸的力量在一点点消退，之前它还可以将身子潜在水下以躲避海鸥，可只要它一探头出来呼吸，海鸥便盘踞上来，它们重点明晰，只攻击喷水孔，这显然是事先商议好的，其他地方的皮肤覆盖着藤壶，并不容易突破。流出的血是个信号，引来了更多的猎食者，它们越聚越多。鲸在沉默中积攒着力量，终于，它扭动身体，跃向空中，喷出了一束水雾。那时李涯已将冲锋舟开到了离它很近的地方，他清晰地看到那渗满鲜血的水雾在空中绽放后纷纷坠落，落在他的头上、肩上，还有睫毛上。李涯没有躲避，他抬头去捕捉鲸的眼睛，在那只巨大的眼里，没有悲哀，只有平静，它似乎接受了自己的命运。李涯没有看到那道疤痕，它所栖身的地方已是一片血肉模糊。

血雾中，大秦突然怪叫一声，将绑在桨上的折刀刺向了鲸的身体，这一幕，他在梦中无数次憧憬，他必须刺出去，杀死一只鲸，这地球上最大的动物，这辈子，谁敢说他不是男人。与此同时，李涯启动了冲锋舟，他想围着鲸转几圈，驱赶头顶黑压压的海鸥，大秦的折刀偏离了方向，只戳中了一块浮冰，他身子一晃，跌坐了下来。

在李涯转到第三圈时，老罗的手重重地压在他的肩头，让他返航。李涯理解于他是乐于见到这一切的，海鸥帮助他们铲除了破坏者，他成功完成了船长安排的任务，且没有做出有伤道义的事，还有比这更完美的事吗？他对老罗产生了厌恶，他想反抗，可看到他手上缠绕的白色纱布，又不忍了。

风大了，夹着冰雹，海鸥又重新聚集。李涯离开时，鲸又喷出了一次血雾，像一把巨大的伞，盖住了染成红色的海面，冲锋舟就在伞下停泊，大家都仰头去看，半空中的血雾飘散了，天是寡淡的白，被海鸥剪成丝丝缕缕的。走远了些，李涯回头，看见鲸的尾鳍在水面上一闪而过，山茶花的图案因为沾了血迹而失了本来的颜色。他从老罗手中夺过酒壶，可里面已经空了，只有一股煤油味，他想吐，可忍住了。

回程时，换成了老罗驾驶，他从李涯手里接过操作杆时，没告诉他冲锋舟漏气的事，可李涯刚坐下就发现了，冲锋舟已经特别疲软了，可他什么也没说，喉咙里有团火，烘烤着他，他从口袋里掏出黑冰，放在嘴里嚼，咯吱——那声音大得吓了他一跳。他将手伸进水里，比想象中凉，他握着拳手也无法对抗。

这个像白昼一样的夜晚，男人们疲惫不堪地坐在一艘迷路的冲锋舟上，等待着有人给他们一个方向。